Erri De Luca

Le jour avant le bonheur

Traduit de l'italien
par Danièle Valin

Gallimard

Titre original :

IL GIORNO PRIMA DELLA FELICITÀ

© *Giangiacomo Feltrinelli Editore, 2009.*
Publié en accord avec l'agence Susanna Zevi Agenzia Letteraria.
© *Éditions Gallimard, 2010, pour la traduction française.*

Erri De Luca est né à Naples en 1950 et vit aujourd'hui près de Rome. Venu à la littérature « par accident » avec *Pas ici, pas maintenant*, son premier roman mûri à la fin des années quatre-vingt, il est depuis considéré comme l'un des écrivains les plus importants de sa génération, et ses livres sont traduits dans de nombreux pays.

En 2002, il a reçu le prix Femina étranger pour *Montedidio*.

Je découvris la cachette parce que le ballon était tombé dedans. Derrière la niche de la statue, dans la cour de l'immeuble, se trouvait une trappe recouverte de deux petites planches en bois. Je vis qu'elles bougeaient en posant les pieds dessus. J'eus peur, je récupérai la balle et sortis en me faufilant entre les jambes de la statue.

Seul un enfant fluet et contorsionniste comme moi pouvait glisser sa tête et son corps entre les jambes à peine écartées du roi guerrier, après avoir contourné l'épée plantée juste devant ses pieds. La balle avait atterri là-derrière après avoir rebondi entre l'épée et la jambe.

Je la poussai dehors, les autres reprirent leur partie tandis que je me tortillais pour m'extraire de là. Il est facile d'entrer dans les pièges, mais il faut transpirer pour en sortir. Et la peur me pressait. Je repris ma place dans les buts. Ils me faisaient jouer avec eux parce que je récupérais le ballon où qu'il aille. Une de ses destinations habituelles était le balcon du premier étage, une maison abandonnée. On disait qu'elle était habitée par un fantôme. Les vieux immeubles étaient pleins de trappes murées, de passages secrets, de crimes et d'amours illicites. Les vieux immeubles étaient des nids de fantômes.

Ce fut ainsi que je montai pour la première fois sur le balcon. De la petite fenêtre au rez-de-chaussée de la cour où j'habitais, je regardais le jeu des plus grands l'après-midi. Un mauvais tir fit gicler le ballon en hauteur et il atterrit sur le balcon de ce premier étage. Il était perdu. Un ballon en plastique un peu dégonflé par l'usage. Tandis qu'ils se disputaient, je me penchai pour leur demander de me laisser jouer avec eux. Oui, si tu nous achètes un autre ballon. Non, avec celui-là, répondis-je. Intrigués, ils acceptèrent. Je me mis à grimper le long d'un tuyau de descente d'eau qui passait près du balcon et allait jusqu'en haut. Il était étroit et fixé au mur de la cour par des colliers de serrage rouillés. Je commençai à monter, le tuyau était couvert de poussière, la prise était moins sûre que je ne l'avais imaginé. Mais je m'étais engagé. Je regardai en haut : derrière les vitres d'une fenêtre du troisième étage, elle était là, la petite fille que j'essayais de lorgner. Elle était à sa place, la tête appuyée sur ses mains. D'habitude, elle regardait le ciel, à ce moment-là non, elle regardait en bas.

Je devais continuer et je continuai. Pour un enfant, une hauteur de cinq mètres c'est un précipice. J'escaladai le tuyau en posant la pointe des pieds sur les colliers de serrage jusqu'au balcon. Au-dessous, les commentaires avaient cessé. J'allongeai la main gauche jusqu'à la rampe en fer, il me manquait quelques centimètres. Je n'avais plus qu'à me fier à mes pieds et tendre le bras qui tenait le tuyau. Je décidai de le faire dans un élan et j'y arrivai avec la main gauche. Maintenant, il fallait que j'accroche l'autre. Je serrai fort ma prise sur le fer du balcon et lançai ma main droite pour m'agripper. Je perdis l'appui de mes pieds : mes mains portèrent un moment le poids de mon corps dans le vide, puis aussitôt un genou, puis deux pieds et je sautai par-dessus. Comment se fait-il que je n'aie pas eu peur ? Je compris que ma peur était timide, elle avait besoin d'être seule pour sortir à découvert. Mais là, il y avait les yeux des enfants au-dessous et ceux de la fillette au-dessus. Ma peur avait honte de sortir. Elle se vengerait ensuite, le soir, au lit, dans le noir, avec le bruissement des fantômes dans le vide.

Je jetai le ballon en bas, ils se remirent à jouer sans faire attention à moi. La descente était plus facile, je pouvais tendre la main vers le tuyau, comptant sur deux bons appuis pour mes pieds sur le bord du balcon. Avant de m'étirer vers le tuyau, je lançai un coup d'œil du côté du troisième étage. Je m'étais proposé pour cette entreprise dans l'espoir qu'elle me remarque, minuscule petit balai de cour. Elle était là, les yeux écarquillés, avant que j'aie pu esquisser un

11

sourire, elle avait disparu. Quelle bêtise de regarder si elle était en train de regarder. Il fallait y croire sans vérifier, comme on fait avec les anges gardiens. Furieux contre moi, je me jetai sur le tuyau de descente pour m'effacer du décor. En bas, ma récompense m'attendait, j'étais admis à jouer. Ils me mirent dans les buts et c'est ainsi que mon rôle fut fixé, je deviendrais goal.

De ce jour, ils m'appelèrent *'a scigna*, le singe. Je plongeais entre leurs pieds pour attraper le ballon et sauver les buts. Le gardien est la dernière défense, il doit être le héros de la tranchée. Je prenais des coups de pied sur les mains, le visage, je ne pleurais pas. J'étais fier de jouer avec les plus grands, qui avaient neuf et même dix ans.

Le ballon atterrit plusieurs fois sur le balcon, j'y arrivais en moins d'une minute. Devant les buts à défendre s'étalait une mare, due à une fuite d'eau. Au début du jeu, elle était limpide, je pouvais y voir le reflet de la petite fille à la fenêtre, pendant que mon équipe attaquait. Je ne la croisais jamais, je ne savais pas comment était fait le reste de son corps, sous son visage appuyé sur ses mains. De ma petite fenêtre, les jours de soleil, j'arrivais à remonter vers elle à travers un ricochet de vitres. Je la regardais jusqu'à ce que la lumière me donne des larmes aux yeux. Les vitres fermées des fenêtres de la cour permettaient au reflet qui la contenait de parvenir à mon coin d'ombre. Combien de tours faisait son portrait pour atteindre ma petite fenêtre ! Un poste de télé était arrivé depuis peu dans un des appartements de l'immeuble. J'entendais dire qu'on y voyait bouger des gens et des animaux, mais sans couleurs. Moi, en revanche, je pouvais voir la petite fille avec tout le marron de ses cheveux, le vert de sa robe et le jaune qu'y mettait le soleil.

J'allais à l'école. Ma mère adoptive m'inscrivait, mais je ne la voyais pas. C'était don Gaetano, le concierge, qui s'occupait de moi. Il m'apportait un plat chaud le soir. Le matin, avant l'école, je lui rapportais l'assiette propre et il me réchauffait une tasse de lait. J'habitais seul dans un réduit. Don Gaetano ne parlait presque pas, orphelin lui aussi, mais il avait grandi dans un orphelinat, pas comme moi qui vivais librement dans l'immeuble et sortais en ville.

J'aimais l'école. Le maître parlait aux enfants. Je venais de mon réduit où personne ne me parlait, et là il y avait quelqu'un à écouter. J'apprenais tout ce qu'il disait. C'était si beau de voir un homme expliquer aux enfants les nombres, les années de l'histoire, les lieux de la géographie. Grâce à une carte en couleurs du monde, sans jamais avoir quitté la ville on pouvait connaître l'Afrique qui était verte, le pôle Sud blanc, l'Australie jaune et les mers bleues. Les continents et les îles étaient du genre féminin, les océans et les montagnes étaient masculins.

À l'école, il y avait les pauvres et les autres. À onze heures, ceux de la pauvreté comme moi recevaient du pain avec de la confiture de coing que leur donnait le surveillant. Avec lui entrait une odeur de four qui fondait dans la bouche. Les autres n'avaient rien, seulement leur goûter apporté de chez eux. Il existait une autre différence, on rasait la tête à ceux de la pauvreté au printemps à cause des poux, les autres gardaient leurs cheveux.

On écrivait avec une plume et de l'encre versée dans un trou de notre pupitre. Écrire était une peinture, on trempait sa plume, on faisait tomber les gouttes jusqu'à ce qu'il n'en reste qu'une avec laquelle on arrivait à écrire la moitié d'un mot. Puis on la trempait à nouveau. Nous de la pauvreté, nous séchions notre feuille à la chaleur de notre respiration. Sous notre souffle, le bleu de l'encre tremblait en changeant de couleur. Les autres l'essuyaient avec un buvard. Le vent que nous faisions sur la feuille à plat était plus beau. Les autres écrasaient les mots sous leur petit carton blanc.

Dans la cour, les enfants jouaient au milieu du passé simple des siècles. La ville était très ancienne, creusée, farcie de grottes et de cachettes. Les après-midi d'été, quand les habitants étaient en vacances ou disparaissaient derrière leurs volets, j'allais dans une deuxième cour où se trouvait une citerne recouverte de planches en bois. Je m'asseyais dessus pour écouter les bruits. D'en bas, qui sait à quelle profondeur, montait un chuintement d'eau agitée. Une vie était enfermée là, un prisonnier, un ogre, un poisson. L'air frais passait entre les planches et séchait ma transpiration. Dans mon enfance, j'avais la plus totale liberté. Les enfants sont des explorateurs et veulent connaître les secrets.

Je suis donc retourné derrière la statue pour voir où menait la trappe. C'était le mois d'août, le mois où les enfants grandissent le plus.

Un jour, au début de l'après-midi, je me glissai entre les pieds et l'épée de la statue, une copie du roi Roger le Normand devant le palais royal. Les petites planches en bois étaient bien fixées, elles bougeaient sans se soulever. J'avais pris une cuillère avec moi, et je grattai les adhérences. J'écartai les deux planches, en dessous tout était noir, et ça descendait. La peur me gagna, profitant du fait qu'il n'y ait personne. On n'entendait pas de bruit d'eau, c'était une obscurité sèche. Au bout d'un moment, la peur se lasse. L'obscurité aussi devenait moins compacte, je voyais deux barreaux d'une échelle en bois qui descendait.

Je tendis le bras pour toucher l'appui, il était solide, poussiéreux. Je recouvris le passage avec les petites planches, pour ce jour-là, j'en avais suffisamment découvert.

Je revins avec une bougie. Un air frais montait de l'obscurité et passa sur mes jambes nues sous mon short. Je descendais dans une grotte. La ville a le vide au-dessous d'elle, c'est son appui. À notre masse du dessus correspond autant d'ombre. C'est elle qui porte le corps de la ville.

Quand je touchai terre, j'allumai la bougie. Il

s'agissait du dépôt des trafiquants de cigarettes. Je savais qu'ils allaient les chercher en pleine mer avec des canots à moteur. J'avais découvert un entrepôt. J'étais déçu, j'espérais un trésor. Il devait y avoir une autre entrée, ces caisses ne pouvaient pas passer entre les cuisses du roi. En effet, il y avait un escalier en pierre du côté opposé à l'échelle en bois. La grande pièce était paisible, le tuf efface les bruits. Dans un coin se trouvaient un lit de camp, un matelas, des livres, une bible. Il y avait même des cabinets, de ceux où l'on se tient accroupi. Je remontai tout triste, je n'avais rien découvert.

Je ne dis rien à la police. L'idée ne m'effleura même pas, c'était impossible. Trahir un secret, révéler une cachette, sont des choses qu'un enfant ne fait pas. Quand on est petit, moucharder est une infamie. Ce ne fut même pas une pensée que j'écartais, elle ne me vint pas. Je suis souvent descendu au dépôt pendant ce mois d'août, j'aimais la fraîcheur et le silence reposé du tuf. J'ai commencé à lire les livres, assis sur l'échelle, là où entrait la lumière. La bible, non, Dieu m'impressionnait. C'est ainsi que m'est venu le goût de la lecture. Le premier livre s'intitulait *Les trois mousquetaires*, mais ils étaient quatre. En haut de l'échelle, les pieds dans le vide, ma tête apprenait à puiser la lumière dans les livres. Une fois tous lus, j'en voulais encore.

Dans la ruelle en pente où j'habitais se trouvaient les boutiques des libraires qui vendaient aux étudiants. Dehors, sur le trottoir, ils proposaient des livres d'occasion dans des bacs en bois. Je me mis à y aller, à prendre un livre que je lisais assis par terre. Le premier libraire me chassa, j'allai chez un autre qui me laissa faire. Un brave homme, don Raimondo, quelqu'un qui comprenait sans explications. Il me donna un escabeau pour m'éviter de lire par terre. Puis il me dit qu'il me prêterait le livre si je le lui rendais sans l'abîmer. Je le remerciai, je le lui rapporterais le lendemain. Je passais toute la nuit à le finir. Don Raimondo vit que je tenais parole et il me laissa emporter chez moi un livre par jour.

Je choisissais les moins épais. Je pris cette habitude l'été, faute de maître pour m'enseigner des choses nouvelles. Ce n'étaient pas des livres pour enfants, et beaucoup de mots m'échappaient, mais la fin oui, j'arrivais à la comprendre. C'était une invitation à sortir.

Dix ans après, j'ai su par don Gaetano qu'un juif s'était caché dans cette pièce pendant l'été 1943. À l'école, j'étais en dernière année et don Gaetano me faisait confiance maintenant. L'après-midi, il m'apprenait à jouer à la scopa, en faisant tout un calcul pour deviner les cartes restées dans le tas. C'est lui qui gagnait. Il ne tapait pas les cartes sur la table, il jouait vite, ralenti par moi qui essayais de me rappeler les cartes déjà sorties. Pour lui rendre sa confiance toute neuve, je m'étais décidé à lui raconter quelque chose.

« Don Gaetano, un été, il y a dix ans, je suis

descendu là-dessous, dans la pièce où se trouvaient les caisses.

— Je sais.

— Comment le savez-vous ?

— Je sais tout ce qui se passe ici. La poussière, mon garçon, sur l'échelle en bois, il y avait de la poussière avec des traces de mains et de semelles. Toi seul pouvais entrer par là, entre les cuisses de Roger. On t'appelait *'a scigna*.

— Et vous ne m'avez rien dit ?

— Toi tu n'as rien dit. Je te surveillais, tu descendais, tu ne touchais pas aux caisses et tu n'en as parlé à personne.

— Je n'avais personne.

— Et qu'est-ce que tu allais faire là ?

— J'aimais l'obscurité et il y avait des livres. C'est là-dessous que m'est venu le goût de la lecture.

— Un singe avec des livres : tu grimpais sur le tuyau à toute vitesse comme un rat, tu te jetais au milieu des pieds pour prendre le ballon, tu avais un courage naturel, spontané.

— Personne ne me disait de faire ci ou ça. C'est à l'école que j'ai appris ce qui était permis. J'y vais volontiers, je remercie ma mère adoptive qui m'a fait étudier. C'est ma dernière année avant la fin de la bourse qu'elle m'a obtenue.

— Tu étudies avec profit, tu es une bonne graine. »

C'était le compliment suprême, tu es une bonne graine, un titre de noblesse pour lui.

« Mais à la scopa tu es une nouille.

— S'il vous plaît, don Gaetano, à quoi servait l'échelle appuyée contre le mur qui arrivait derrière la statue ? Personne ne pouvait passer par là.

— Pendant la guerre, c'était possible. J'avais scié une cuisse de Roger. En cas d'urgence, on l'enlevait. Pendant la guerre, on avait besoin de cachettes, pour la contrebande, pour les armes, pour ceux qui devaient se cacher. On faisait la chasse aux juifs et c'était bien payé. En ville, il n'y en avait pas beaucoup. »

Don Gaetano voyait bien ma curiosité pour ces histoires qui dataient du temps de ma naissance. Il justifiait les habitants, la guerre faisait sortir le pire chez les gens, mais il n'excusait pas celui qui vendait un juif à la police ou qui servait d'indic. « *È 'na carogna.* C'est une ordure. Est-ce que les juifs sont faits d'une autre substance ? Ils ne croient pas en Jésus-Christ et moi non plus. Ce sont des gens comme nous, nés et élevés ici, ils parlent le dialecte. Nous n'avions rien à voir avec les Allemands. Ils voulaient commander, pour finir ils mettaient les gens contre un mur et les fusillaient, ils dévalisaient les magasins. Mais quand est venu le moment où la ville s'est jetée sur eux, ils couraient comme nous, ils perdaient toute leur morgue. Mais qu'est-ce qu'ils leur avaient fait aux Allemands, les juifs ? On n'a jamais pu l'éclaircir. Chez nous, les gens ne savaient même pas que les juifs, un peuple de l'Antiquité, existaient. Mais quand il s'est agi de gagner de l'argent, alors tout le monde savait qui était juif. Si on mettait à prix la tête des

Phéniciens, on était capable de les trouver chez nous, même de seconde main. Car il y avait des ordures qui servaient d'indics. »

Nos parties de cartes étaient interrompues par les gens qui passaient devant la loge, demandaient quelque chose, laissaient, prenaient. Rien n'échappait à don Gaetano. C'était un vieil immeuble avec plusieurs escaliers, et il connaissait la vie de tout le monde. On venait lui demander conseil. Alors, don Gaetano me disait de surveiller la loge, et ils s'éloignaient. Au retour, il reprenait les cartes et la conversation au bon endroit.

« Il est resté là-dessous jusqu'à l'arrivée des Américains et jusqu'au dernier jour il a cru que je pouvais le vendre aux Allemands. Le concierge de son immeuble l'avait fait, et il avait réussi à s'échapper par le toit, enfilant juste un pantalon et une chemise, pieds nus. Il gardait à portée de main un petit paquet de livres qu'il a emportés avec lui. Les juifs sont entraînés à s'enfuir, comme nous qui avons toujours un tremblement de terre sous les pieds et un volcan tout prêt. Mais nous ne nous enfuyons pas de chez nous avec des livres.

— Moi si, don Gaetano. Si je dois m'enfuir à cause d'un tremblement de terre, j'emporterai mes livres d'école avec moi.

— Il est arrivé chez moi, une nuit, sous un bombardement aérien. Je gardais la porte d'entrée ouverte et il s'est glissé à l'intérieur. Il avait arraché l'étoile que les juifs devaient porter cousue sur la poitrine, les fils pendaient de son col. Je l'ai emmené là-dessous, il y est resté un mois, le pire de la guerre. Au moment de l'insurrection, je lui ai apporté une paire de chaussures prises à un soldat allemand. Il est sorti avec, à la rencontre de la ville libérée. Il m'a demandé pourquoi je ne l'avais pas vendu.

— Et que lui avez-vous répondu ?

— Et que pouvais-je répondre ? Il avait passé un mois là-dessous à compter les minutes, se sauverait-il ou non. Chaque merci qu'il me disait était empoisonné de méfiance. La guerre allait se terminer, les Américains étaient arrivés à Capri. L'idée d'être arrêté à quelques jours de la liberté devenait plus enragée. Ce mois de septembre était une vraie fournaise. Les Allemands posaient des bombes le long de la plage contre un débarquement des Américains, ils faisaient sauter des bouts de ville, pendant que les bombardements pleuvaient du ciel. La mer s'est soudain remplie de navires américains. Le feu s'intensifiait de tous côtés. Pour nous il s'agissait d'arracher notre liberté, pour lui il s'agissait de sa vie. Et elle était suspendue à un homme qui pouvait le trahir ou qui pouvait être arrêté, tué et ne plus revenir lui apporter à manger. Quand il m'entendait descendre l'escalier, il ne savait pas si c'était moi ou la fin.

— Que lui avez-vous répondu ? Pourquoi ne l'avez-vous pas vendu ?

— Parce que je ne vends pas de chair humaine. Parce que en temps de guerre les gens sortent le pire et aussi le meilleur d'eux-mêmes. Parce qu'il était arrivé pieds nus, qui sait pourquoi. Je ne me rappelle plus ce que je lui ai répondu, il se peut que je n'aie rien dit. À ce moment-là, l'histoire était finie et les parce que ne comptaient plus guère. J'entendais ses pensées et je répondais, mais il ne pouvait entendre les miennes. Il est impossible de parler avec les pensées des autres, elles sont sourdes.

— Alors c'est vrai ce qu'on dit de vous, don Gaetano, que vous entendez les pensées qui sont dans la tête des gens ?

— Oui et non, parfois oui et parfois non. Et ça vaut mieux, parce que les gens ont de mauvaises pensées.

— Si je pense une chose, vous la devinez ?

— Non, mon garçon, seules arrivent jusqu'à moi les pensées qui passent au vol dans la tête des gens, celles qu'on ignore même avoir eues. Si tu te mets à réfléchir à une question personnelle, elle te reste propre. Mais les pensées sont comme des éternuements, elles s'échappent à l'improviste et moi je les entends. »

C'est pour ça qu'il connaissait la vie de tout le monde, c'est pour ça qu'il gardait une tristesse prête au pire et un demi-sourire pour la chasser. Des rides s'ouvraient au coin de ses yeux et sa mélancolie s'écoulait par là.

« Le juif pensait beaucoup ?

— Oui, il pensait. Quand il lisait non, mais le reste du temps oui. À la Terre sainte, à un bateau pour s'y rendre. L'Europe est perdue pour nous, il n'y a plus de vie ici. Il prenait l'exemple d'une ceinture. Nous, pensait-il, nous sommes une ceinture autour de la taille du monde. Avec le livre sacré, nous sommes la bande de cuir qui tient le pantalon d'Adam depuis qu'il s'est aperçu qu'il était nu. Le monde a eu envie bien des fois d'enlever sa ceinture et de la jeter. Il la trouve trop serrée.

« Je me souviens de cette pensée telle quelle, elle lui venait souvent. Quand il est sorti à l'air libre, il ne tenait plus sur ses pieds. Il s'est rendu chez lui, mais sa maison était occupée. Une famille s'y était installée, ils avaient même changé la serrure. Je suis allé leur parler et ils sont partis, mais avant ils ont vidé sa maison, ils ont même détaché les fils électriques du mur.

— Comment les avez-vous persuadés ?

— Nous avions des armes, nous nous étions battus contre les Allemands. J'y suis allé la nuit, j'ai tiré dans la serrure, je suis entré et je leur ai dit que je reviendrais à midi et que je devais trouver la maison vide. C'est ce qui s'est passé. Il est rentré chez lui, puis il a vendu la maison quelques mois plus tard et il est parti à l'étranger, en Israël. Il est venu à la loge pour me saluer. La ville était encore toute déglinguée sous les décombres. "J'emporte une pierre de Naples. Je la mettrai dans le mur de la maison que j'aurai en Israël. Là, nous construirons avec les pierres qu'on nous a lancées dessus." »

J'écoutais, je jouais à la scopa, je perdais. Le soir, je notais les histoires de don Gaetano. La ville aussi était une école. J'étais contrarié de voir les cours s'arrêter l'été. Les élèves étaient contents, moi non. Je me consolais avec les livres de don Raimondo, ce papier jauni qu'il récupérait quand on voulait se débarrasser des livres.

« Les gens mettent toute une vie à remplir des étagères et les fils s'empressent de les vider et de tout jeter. Que mettent-ils sur les étagères, des fromages, du *caciocavallo* ? Il suffit que vous m'en-leviez ça de là, me disent-ils. Et là se trouve la vie d'une personne, ses envies, ses achats, ses privations, la satisfaction de voir grandir sa propre culture centimètre par centimètre comme une plante.

— Don Raimondo, je ne peux m'acquitter envers vous qui me laissez lire sans payer.

— C'est peu de chose, tu me les rapportes dépoussiérés. Quand tu seras un homme, tu viendras les acheter chez moi. »

En été, la ville devenait plus légère, la nuit elle sortait dans les ruelles pour respirer. Je jouais à la scopa avec don Gaetano dans la cour, sans gagner une seule partie.

« *T'aggia 'mpara' e t'aggia perdere.* » Telle était sa sentence à la fin du jeu, quand je t'aurai appris, je devrai t'abandonner. C'était un fait, c'est ce qui devait arriver. Avec la ville aussi, ce serait pareil, elle devait m'instruire et puis me laisser partir. À la fin des parties, je rentrais dans mon réduit pour retenir les choses apprises. Elle était drôle, cette pensée du juif sur la ceinture. Je vérifiai la mienne, elle n'était pas serrée, mais je la détendis d'un cran. Le monde aussi la trouvait serrée, mais il ne pouvait pas s'en débarrasser. Il ne pouvait revenir en arrière, avant ce livre sacré. J'avais lu que le monde était jaloux du juif parce qu'il avait été choisi. Dans cette guerre, il avait été choisi comme cible. L'homme enfermé sous la ville envoyait une information de là aussi. Pourquoi n'avait-il pas emporté ses livres quand il était sorti, même pas la bible ?

— Je lui ai fait remarquer qu'il laissait ce paquet. Il m'a répondu qu'il pourrait servir à un autre. La bible aussi ? Alors il m'a cité un verset qui disait : Nu je suis sorti du ventre de ma mère, nu j'y retournerai. Ce qui voulait dire que cette cachette avait été pour lui le lieu d'une seconde naissance. Il devait sortir sans bagage.

— Don Gaetano, vous avez caché un saint ?

— Ce n'était pas un saint, je l'ai entendu se disputer avec le Père éternel, lui dire que sa foi était une condamnation. Nous sommes marqués par la circoncision, nous portons une proclamation écrite sur le corps. Le Nôtre nous a coupé le souffle et nous a donné la boue.

« C'est ainsi qu'il appelait le Père éternel, le Nôtre. Ce n'était pas un saint, mais quelqu'un qui se disputait avec son Nôtre.

— Alors, c'est vous le saint, vous qui avez risqué la mort pour cacher un inconnu.

— Tu cherches à tout prix un saint. Il n'y en a pas, pas plus que des diables. Il y a des gens qui font quelques bonnes actions et une quantité de mauvaises. Pour en faire une bonne, tous les moments se valent, mais pour en faire une mauvaise, il faut des occasions, des opportunités. La guerre est la meilleure occasion pour faire des saloperies. Elle donne la permission. En revanche, pour une bonne action, aucune permission n'est nécessaire. »

Un marchand ambulant arrivait dans la cour, don Gaetano sortait, se montrait et saluait. *'O sapunaro*, le chiffonnier, venait souvent, tirant tout seul sa charrette. Un homme plus large que haut qui n'était satisfait que lorsque tous les habitants de l'immeuble se montraient aux fenêtres. Il avait une voix à ressusciter les morts. Don Gaetano l'avait surnommé : le jour du Jugement. Il lui donnait une bouteille d'eau qu'il vidait entre deux cris.

« Don Gaetano, vous vous souvenez du coup des barricades via Foria ? »

C'était sa carte de visite. Il avait renversé un tram, lui et deux femmes, au milieu de l'avenue pour arrêter les tanks allemands.

« *Nuie simmo robba bona.* Nous sommes de la bonne graine. »

Don Gaetano comprenait l'économie du pays en regardant la charrette du chiffonnier, ce que jetaient les gens.

« Nous sommes en train de devenir des seigneurs, ils ont jeté une vieille baignoire, carrément, ils jettent même les matelas de laine, ils ont acheté ceux avec les ressorts. Ils jettent les machines à coudre à pédale. Ils croient au courant électrique comme à la vie éternelle, et s'il s'arrête ? »

Ce fut un été démentiel, il faisait presque froid. En juillet, le sommet du volcan blanchit. Les gens jouaient les numéros gagnants au loto. Il y eut des gains importants. L'année précédente, un cordonnier avait réussi un quaterne. Je demandais à don Gaetano s'il avait des pensées avec les numéros. Il faisait un geste de la main comme pour chasser une mouche. Mais existait-il une technique ? Pouvait-on apprendre à entendre les pensées de tout le monde ?

« D'abord, ne dis pas tout le monde, ce sont des personnes singulières. Si tu dis tout le monde, tu ne fais pas cas des personnes. On ne peut pas entendre les pensées de tout le monde, mais celles d'une personne à la fois. »

C'était vrai, jusqu'à cet âge-là je ne faisais aucun cas des personnes, pour moi c'était un ensemble. C'est dans la loge, cet été-là, que j'appris à reconnaître les locataires. Quand j'étais petit, seule celle du troisième étage derrière la vitre m'intéressait, je ne savais même pas à quoi ressemblaient ses parents. Elle avait disparu et peu m'importait de connaître les habitants de l'immeuble.

« Alors, on ne peut pas apprendre à faire comme vous, don Gaetano ? Il n'existe pas un moyen ?

— Même s'il en existait un, je ne te le dirais pas. Ce n'est pas bien de savoir ce qui passe par la tête des gens. Tant de mauvaises intentions vont et viennent sans aboutir ensuite. Si je dis ce qu'une personne pense d'une autre, c'est la guerre civile.

— Alors, vous entendez et vous n'intervenez pas ?

— Je m'en mêle quelquefois. Tu as vu les gains qui vont mettre en faillite le loto avec les numéros de la neige : un des locataires d'un *basso*[1] du haut de la ruelle a gagné gros et il n'a rien dit à sa femme. Je l'ai appelé et je lui ai dit : ça ne se fait pas. Quoi donc ? a-t-il demandé. On n'apporte pas seulement les dettes à la maison, mais aussi les bonnes nouvelles.

— Et qu'a-t-il fait ?

— Il est allé acheter un chevreau, du vin et s'est présenté avec son gain.

— Mais une chose qui pouvait vous être utile à vous, une pensée dont vous pouviez tirer avantage ? »

Don Gaetano me regarda, l'air sombre.

« Toi, si tu trouves un portefeuille, tu le rends à celui qui l'a perdu ?

— Ça ne m'est jamais arrivé, je ne sais pas. Sans expérience, je dirais que oui. Mais je ne peux le savoir que si ça m'arrive. Je ne sais pas à l'avance comment je me comporterai.

— Tu es honnête. Quand je trouve une pensée d'un autre qui pourrait m'être utile, je ne la mets pas dans ma poche. Je la laisse là. Je ne peux pas la rendre et dire : attention, tu as perdu une de tes pensées, mais je fais comme si je ne l'avais pas entendue.

1. Habitation typique des vieux quartiers de Naples, constituée d'une pièce unique dont l'entrée se trouve au niveau de la chaussée. *(N.d.T.)*

— J'aimerais connaître les pensées des autres.

— Mais tu ne connais même pas les trois cartes couvertes du dernier tour de scopa. Apprends à jouer avant. »

Don Gaetano n'avait pas de famille lui non plus. Élevé dans un orphelinat, puis au séminaire, il devait devenir prêtre. Mais on dit qu'il était tombé amoureux d'une fille de la rue et qu'il avait quitté la soutane. Il a vécu très loin, en Argentine, pendant vingt ans. Il est revenu en 1940, à temps pour la guerre. C'est ce que je savais de lui, avant l'été de notre complicité.

« Tu y tenais à cette fillette du troisième étage. Tu regardais de ce côté.

— J'essayais de me faire remarquer, comme font les enfants. Mais elle a brusquement disparu. Vous savez où elle est allée avec sa famille ?

— Je sais où elle est maintenant. Elle est revenue à Naples et elle s'est mise avec un jeune, un type de la camorra qui est en taule. Elle n'était pas pour toi. »

Retrouver cet âge solitaire, penser à moi enfant qui cherchais son visage derrière les vitres, qui montais l'escalier espérant la croiser : je passai mes doigts sur la pointe de mon nez pour attraper deux larmes voleuses qui allaient s'échapper. Au cours d'une enfance, des attachements s'enracinent qui ne se détachent plus. Le soir, j'écrivis la phrase de don Gaetano : apprends à jouer avant. Avant quoi ? Si j'apprenais à jouer à la scopa, est-ce que je pourrais ensuite entendre les pensées ? Je ne pouvais pas demander, la phrase devait suffire.

Quand don Gaetano était enfant, personne ne racontait d'histoires dans l'orphelinat, alors il le faisait tout seul. Il inventait des vies d'animaux, de rois et de vagabonds, près du maigre poêle du dortoir. Les enfants se réchauffaient et se nourrissaient par les oreilles. Il racontait en dialecte.

« Le napolitain est fait exprès, tu dis quelque chose et on te croit. En italien le doute existe : ai-je bien compris ? L'italien est bon pour écrire, là où la voix n'est pas utile, mais pour raconter il faut notre langue qui colle bien à l'histoire et la met en images. Le napolitain est un roman, il fait ouvrir grandes les oreilles, et les yeux aussi. Je racontais aux enfants la vie de l'extérieur. Chez nous, personne ne venait, pas même le dimanche. Un enfant qui grandit sans une caresse endurcit sa peau, il ne sent rien, même pas les coups de bâton. Il lui reste ses oreilles pour apprendre le monde. Chez nous, il y avait beaucoup de cris, mais personne ne pleurait. Dehors les enfants pleuraient, dans l'orphelinat personne ne savait le faire. Pas même quand l'un de nous mourait, c'était normal. La fièvre venait, brûlait et puis éteignait. Il restait l'envie de rire, de jouer. Quand il faisait froid, nous faisions le tas, *'o muntone.* Nous nous serrions tous ensemble pour former un seul corps. Nous échangions nos places, ceux qui étaient à l'extérieur passaient à l'intérieur. Nous inventions la chaleur et nous éclations de rire. Il suffisait qu'un seul se mette à crier : *'o muntone*, et aussitôt on faisait le tas, tous les uns sur les autres.

« Les grandes fenêtres de l'orphelinat donnaient sur la cour, celles qui donnaient sur l'extérieur étaient murées, l'un d'entre nous s'était jeté par là pour s'enfuir. J'étais le seul à parvenir à escalader le portail la nuit. J'étais léger comme toi, j'allais en ville, mêlé à la foule qui se déplace la nuit. J'allais au bord de la mer, j'aimais les bateaux. Vers l'âge de treize ans, je devins l'ami d'une prostituée de mon âge. Je lui rendais des services, je la prévenais si la police était dans les parages. Quand elle avait fini et que je devais rentrer, elle m'offrait une tasse de lait et une brioche. Nous étions semblables, un frère et une sœur qui se rencontraient. Puis elle en a trouvé un qui l'a épousée et elle est partie pour le Nord. Elle est belle la nuit, notre ville. Elle est pleine de danger, mais aussi de liberté. Les sans-sommeil, les artistes, les assassins, les joueurs y déambulent, les bistrots, les snacks, les cafés sont ouverts. On se salue, on se connaît, entre ceux qui vivent la nuit. Les gens se pardonnent leurs vices. La lumière du jour accuse, l'obscurité de la nuit donne l'absolution. Les transformés sortent, des hommes habillés en femme parce que la nature les y pousse, et personne ne les embête. On ne demande compte de rien, la nuit. Les éclopés, les aveugles, les boiteux sortent, eux qui le jour sont rejetés. La nuit, la ville est une poche retournée. Même les chiens sortent, ceux qui n'ont pas de maison. Ils attendent la nuit pour chercher les restes, tant de chiens survivent sans personne. La nuit, la ville est un pays civilisé.

« J'avais du vif-argent dans les jambes, je courais dans tous les sens, je me nourrissais. On dit que ce sont les jambes et non pas les dents qui donnent à manger au loup. Le jour, ce vif-argent passait dans les histoires que je racontais aux enfants. Personne n'avait un nom là-dedans, nous les inventions. L'un s'appelait *Muorzo*, Morsure, parce qu'il n'avait pas de dents, un boiteux était dénommé *'o treno 'e Foggia*, le train de Foggia, parce qu'il arrivait toujours en retard, un autre, *Suonno*, Sommeil, parce qu'il dormait debout, un autre encore, *Sisco*, Sifflet, parce qu'il sifflait comme un marchand ambulant, et moi, *'o nonno*, le grand-père, le plus vieux. Beaucoup d'entre eux n'avaient pas encore vu la mer, je leur en parlais : c'était une balançoire d'eau, les bateaux jouaient dessus en passant d'une vague à l'autre. Je leur avais montré la vague avec un drap.

« Pour nous, le séminaire était le seul moyen de faire des études. C'est ainsi que j'ai vécu en internat. Là aussi, je m'échappais la nuit. »

Les soirs d'été, les gens marchaient dans la rue, en quête d'un peu d'air du côté du bord de mer. Ce n'était pas la ville nocturne que connaissait don Gaetano, celle-ci commençait plus tard, quand la promenade prenait fin. Tous les deux dans la cour en train de prendre le frais après une partie de scopa, tantôt nous gardions le silence, tantôt c'est lui qui parlait. Par opposition, il repensait à l'été violent de 1943. Dans le vide, il devait baisser la voix pour qu'elle ne résonne pas dans la cour.

« Avant de le voir là, dehors, pieds nus, avec ses livres sous le bras, je n'avais pas pensé cacher quelqu'un. Là-dessous, je gardais des produits de contrebande et depuis peu des armes prises à la police. Mais quand je l'ai vu devant la porte, je l'ai fait entrer. J'allais le voir pendant les bombardements aériens quand l'immeuble se vidait pour courir à l'abri. Je restais pour surveiller les voleurs qui rôdaient sous les bombes. Ils n'avaient peur de rien, même si les bombes pleuvaient sur la ville. J'allais lui rendre visite pendant l'alerte, pour qu'il puisse parler un peu. Là-dessous, la guerre faisait un bruit paisible, les bombes étaient comme des coups frappés à une porte, le tuf absorbait le vacarme et les chocs, il encaissait sans vibrations. Les bombes démolissaient mais ne faisaient pas trembler les murs. Le tuf est un matériau antiaérien. »

« Que vous disiez-vous là-dessous ?
— Nous jouions à la scopa. Je lui avais montré, il avait tout de suite appris. Il ne voulait pas perdre. Il était différent de toi qui t'en moques. Son entêtement me faisait plaisir. Quelqu'un qui avait tout perdu, dont la vie était suspendue au piton d'un étranger, s'acharnait à ne pas perdre à la scopa. C'était un homme qui prenait tout au sérieux.

« "Vous êtes un Napolitain trop sérieux", lui disais-je. Il me répondait au contraire : "Jamais de la vie ! Ici, je n'arrête pas de rire. Dehors, il y a la guerre, le massacre de gens comme moi, l'écroulement d'une ville où je suis né et moi je suis là comme sous une porte cochère attendant que l'orage passe. Et vous êtes là, vous aussi, qui venez me tenir compagnie. Je lis le Livre sacré, nos prophètes et je me mets à rire. Ici, an de grâce 1943 pour vous et 5704 pour nous, c'est une lecture comique. Don Gaetano, je ne suis pas quelqu'un de sérieux, je suis tragique, un sous-produit du genre comique. Laissez-moi au moins prendre au sérieux le jeu de la scopa, qui est un peu un art religieux. Religieux, c'est sûr : la carte la plus importante est le 7, chiffre de notre nouveauté de juifs. Ce sont les juifs qui ont inventé la semaine. Avant, les calendriers suivaient la lune et le soleil. Puis, notre divinité nous a fait savoir que les jours étaient au nombre de six plus un. C'est nous qui avons sanctifié le chiffre 7 avant la scopa. Le paquet de cartes en contient 40, comme les années passées dans le désert, entre la sortie d'Égypte et l'entrée dans la Terre promise. Et puis, il y a *lo spariglio*, le désaccouplement, une variante de la prise de carte avec une carte de même valeur. On peut prendre la somme de plusieurs cartes. C'est une invention qui n'existe pas dans la nature. La nature marche par couples, la scopa marche par désaccouplement. Le donneur de cartes a inté-rêt à conserver tout accouplé, l'adversaire non. C'est une lutte entre l'ordre et le chaos. Laissez-moi prendre au sérieux le jeu de la scopa."

« Quand il me parlait comme ça, je restais sans voix, parcouru de frissons.

— J'en ai moi aussi en vous écoutant vous souvenir aussi bien de ses paroles. Moi, je dois les écrire le jour même pour ne pas les oublier, vous, vous les avez en tête depuis près de vingt ans.

— C'est une question de jeu, si tu te souviens des cartes désaccouplées, tu fais pareil avec les pensées. Je remontais de ces visites étourdi. Dehors nous étions en septembre 1943 et là-dessous à un mois du calendrier juif de 5704. Là-dessous, il y avait un homme qui venait d'un temps ancien, contemporain de Moïse et des pharaons, et il lui fallait être un contemporain des nazis. Heureusement que je ne l'ai pas entendu rire là-dessous. "Don Gaetano, préve-nez-moi quand vous verrez les étoiles en plein jour." Dehors, les jeunes prenaient les armes dans les casernes et les cachaient. Un groupe avec un gars habillé en carabinier avait vidé l'ar-senal du fort de Sant'Elmo. Entre-temps, les Allemands pillaient les églises, faisaient sauter le pont de San Rocco a Capodimonte, nous avons sauvé celui de la Sanità en détachant les charges explosives, comme pour l'aqueduc. Ils voulaient laisser la ville en ruine. Notre révolte l'a sauvée.

« Le pire poussait en même temps que le bon. Une personne honnête se mettait à prêter à usure, une jeune fille de bonne famille se mettait à faire la putain pour les Allemands. Un type qui passait pour un dur à cuire était le premier à courir aux abris. Les Allemands et les fascistes étaient de plus en plus mauvais parce que la guerre tournait mal. Le débarquement de Salerne avait réussi. Ils faisaient sauter les usines, ils saccageaient les entrepôts pour laisser le vide. Les derniers jours de septembre, la ville faisait peur, on lisait la faim et le sommeil sur le visage des gens. Ceux qui avaient gardé quelque chose le mangeaient en cachette. Les Allemands montèrent un vrai mélodrame : ils forcèrent un magasin et invitèrent ensuite les gens à le piller. Ils tirèrent en l'air sur la foule qui s'était précipitée pour prendre la marchandise et ils filmèrent la scène. Elle leur servait de propagande : le soldat allemand intervient pour empêcher le pillage. Ce sont des faits, mon garçon, qui ont eu lieu pendant une de ces belles journées de septembre. »

Assis sur deux chaises dans la cour, nous regardions en haut, là où s'arrêtait la ville et où commençait qui sait quoi, peut-être l'univers. Il était tout proche, une place délimitée par des balustrades. Les mains croisées, don Gaetano regardait et respirait profondément. Moi aussi, je penchais le cou en arrière : au-delà des balcons l'espace avait un mouvement circulaire, très lent, mais qui faisait pourtant tourner la tête.

Les yeux, qui, à terre, n'allaient pas plus loin qu'une ligne d'horizon, parvenaient à voir les planètes. Le ciel devait forcément taper sur la tête, pour faire croire qu'on pouvait y aller.

« Ils bombardaient toutes les nuits, la ville

courait toujours, sans crier, elle courait et rete-
nait sa respiration. Les explosions des bombes
allemandes se confondaient avec les bombardements américains, la sirène d'alarme arrivait
après que la défense antiaérienne s'était mise à
tirer. »

Puis il se souvenait d'un détail curieux et il se
mettait à sourire. « Un jeune homme marchait
bras dessus bras dessous avec une fille quand la
sirène retentit. Il ne pouvait s'enfuir tout seul,
mais elle n'arrivait pas à courir avec ses talons,
et le voilà en train de la tirer tandis qu'elle criait
derrière lui en titubant : laisse-moi, laisse-moi.
Mais pas question, il était obligé de la traîner
avec lui. Les filles étaient plus courageuses. Puis
les garçons se rachetèrent avec les journées
de la fin septembre. Les hommes ont besoin de
moments spéciaux pour montrer leur valeur.
Les femmes sont plus vaillantes dans la normalité, si on peut parler de normalité pour cette
année 43.

« Les gens sortaient des abris après l'attaque
aérienne et ne trouvaient plus leur maison. Les
visages de ceux qui d'un moment à l'autre ne
possédaient plus rien : un vieil homme s'était
assis sur les décombres de son immeuble et
regardait en l'air. Je m'approchai et il me dit :
"Je regarde le ciel pour voir où je peux aller
m'installer. Sur cette terre, je ne possède plus
rien." Les gens cherchaient quelque chose à
sauver au milieu des maisons écroulées. Ils
fouillaient en passant d'une pièce à l'autre par
les portes, même s'il n'y avait plus de murs. Ils

allaient à la cuisine pour voir s'ils avaient bien fermé le gaz, puis ils levaient la tête et voyaient le ciel pour plafond. Le ciel insolent de ce mois de septembre 43 : une nappe brodée sur les bords, fraîche et propre sans un grain de poussière, sans une tache. Immuablement bleu turquoise : descends un peu ici sur terre, ciel, faisons un échange, emporte avec toi la saleté et étends ta nappe par terre. Un ciel plus contrariant, plus lointain, non pas comme maintenant où il commence dès la terrasse. Il se mit à pleuvoir et la révolte éclata. On aurait dit que la ville attendait un signal, que le ciel se referme. Et les Américains cessèrent de bombarder.

« Le juif me demandait quel temps il faisait. Je répondais que le temps ne faisait rien, il ne passait pas et ne faisait pas tomber une goutte sur la poussière. L'eau manquait, les femmes allaient la prendre avec des seaux à la mer pour laver un peu de linge. Le juif n'aimait pas non plus le beau fixe. Il me demandait si on voyait des étoiles le jour, il attendait un signe.

« "Les gens aiment les journées de soleil, moi elles me font peur. C'est sous un ciel serein qu'ont lieu les pires choses. Quand il ne fait pas beau, on préfère ajourner une mauvaise action. Avec le soleil, tout peut arriver. Si je tiens jusqu'à l'automne, je veux danser sous une averse.

« — En automne, la guerre sera passée, les Américains sont à Salerne."

« Je ne lui disais pas qu'ils étaient en vue, il pouvait faire la folie de sortir. J'entendais ses pensées : "Tout près de la liberté et impossible de la voir, enfermé là-dessous à me demander si ce n'est pas un piège plutôt que mon salut. On ouvre la porte et ils descendent pour me prendre." Même en pensée, il n'osait imaginer que je puisse le trahir. Si ce n'était pas moi, une personne de l'immeuble qui avait compris. Il voulait savoir si quelqu'un connaissait la cachette. Les assurances que je lui donnais ne pouvaient lui suffire.

« "Par les temps qui courent, il est risqué d'accorder sa confiance et je ne vous dis pas de vous fier à moi. Je vous dis de ne pas vous laisser prendre par de mauvaises pensées, ne sortez pas pour chercher un endroit sûr, il n'y en a pas. Si vous sortez d'ici, on vous fusillera sur place. Le commandant Scholl a fait afficher un avis, les hommes entre dix-huit et trente-trois ans doivent se rendre dans les casernes sinon ils seront fusillés. Sur les trente mille qu'ils attendaient, cent vingt se sont présentés."

« Tu as compris quelle guerre c'était, mon garçon ? Il mourait plus de civils que de soldats. Dans la rue, je commençais à entendre les pensées : mais pourquoi restent-ils dans la ville et ne vont-ils pas se battre ? Pourquoi s'acharnent-ils sur les pauvres gens au lieu d'aller au front ? Les pensées devenaient peu à peu celles d'une seule tête. Quand ils deviennent un peuple, les gens sont impressionnants. Ainsi, un beau matin, un dimanche de la fin septembre, il se met enfin à pleuvoir et j'entends les mêmes mots dans toutes les bouches, crachés par la même pensée : *mo' basta*, maintenant ça suffit. C'était un vent, il ne venait pas de la mer, mais de l'intérieur de la ville : *mo' basta, mo' basta*. Si je me bouchais les oreilles, je l'entendais encore plus fort. La ville sortait la tête du sac. *Mo' basta, mo' basta*, un tambour appelait et les jeunes arrivaient avec des armes. Le centre de la révolte s'était installé dans le lycée Sannazaro, les étudiants avaient été les premiers. Puis les hommes sortaient de leurs cachettes souterraines. Ils montaient de dessous terre comme une résurrection. *Dalle 'ncuollo*, tous sur eux, les rues étaient bloquées par les barricades. Au Vomero, on sciait les platanes pour couper la route aux tanks. Nous avons fait une barricade via Foria en emboîtant une trentaine de trams. La ville se déclenchait comme un piège. Quatre jours et trois nuits, c'était comme aujourd'hui, la fin de septembre.

« Les chars allemands parvinrent à franchir le barrage de la via Foria, descendirent piazza Dante et se dirigèrent vers la via Roma. Là, ils ont été arrêtés. Giuseppe Capano, âgé de quinze ans, s'est glissé sous les chenilles d'un char, a dégoupillé une grenade et a réussi à s'enfuir par-derrière avant l'explosion. Assunta Amitrano, quarante-sept ans, a lancé du quatrième étage la plaque de marbre d'une commode et a démoli la mitrailleuse du char. Luigi Mottola, cinquante et un ans, égoutier, a fait sauter une bombonne de gaz sous le ventre d'un char d'assaut, en passant par une plaque d'égout. Un étudiant du conservatoire, Ruggero Semeraro, dix-sept ans, a ouvert la fenêtre de son balcon et a joué au piano *La Marseillaise*, cet air qui donne encore plus de courage. Le curé Antonio La Spina, soixante-sept ans, sur la barricade devant la banque de Naples, criait le psaume 94, celui des vengeances. Le coiffeur Santo Scapece, trente-sept ans, a lancé une bassine de mousse de savon sur la fente de vision d'un tank qui est allé s'écraser contre le rideau de fer d'un fleuriste. En l'espace de trois jours, le tir des habitants était devenu infaillible. Les cocktails Molotov mettaient les chars en panne, les aveuglaient de flammes. J'étais devenu très doué pour les confectionner, je mettais des copeaux de savon à l'intérieur pour que le feu prenne mieux. Les pêcheurs de Mergellina, qui ne pouvaient aller en mer à cause du blocus du golfe et des mines, nous avaient donné du gasoil.

« Six personnes au milieu d'une foule prête savaient trouver le bon geste pour mettre en difficulté un détachement cuirassé de la plus puissante armée qui avait conquis toute seule la moitié de l'Europe. Ce n'était pas la première fois que six personnes venaient à bout d'une telle entreprise. En 1799 déjà, les armées françaises, les plus fortes de l'époque, avaient été arrêtées à l'entrée de la ville par une insurrection du peuple, après la dissolution de l'armée bourbonienne. Six personnes dotées de nom, prénom, âge, métier, stoppaient la reconquête allemande de la ville. Six personnes tirées au sort par la nécessité savent résoudre la situation alors que tout autour les autres se démènent avec générosité mais imprécision. Quand six

41

personnes surgissent, toutes à la fois, alors on gagne. »

« Et où est-il ce peuple maintenant, don Gaetano ?

— À sa place, il n'a pas bougé et n'a pas oublié. Le peuple fait ce qu'il a à faire, puis il se disperse et redevient une foule de gens. Ils retournent vite à leurs affaires, mais plus légers, car les révoltes sont salutaires pour l'humeur de qui les fait. Les combats du troisième jour furent plus acharnés. Nous devions aussi déloger les fascistes qui tiraient sur nous du haut des toits. Pendant ces combats, j'arrivais à descendre dans la cachette pour lui apporter à manger. Le troisième jour, je passai le voir à l'aube pour lui dire que si je n'étais pas revenu dans vingt-quatre heures, il pourrait sortir. Il me demanda un service pour ce jour-là.

« "Allez au bord de la mer et jetez une pierre dans l'eau pour moi." Je pensais qu'il n'avait plus toute sa tête à force de rester là-dessous. Je lui ai répondu que je ne savais pas si j'irais de ce côté-là, que la ville se soulevait. "C'est un de nos rites, pour nous c'est le jour de l'an, demain. Nous le fêtons en septembre. Une pierre lancée dans l'eau est pour nous le geste qui nous délivre de nos fautes. L'année commence demain pour nous. Puisse le Nôtre faire d'aujourd'hui le jour avant le bonheur."

« Il avait bien toute sa tête. Avant de passer au commandement de la révolte prendre mes ordres, je descendis à Santa Lucia où les femmes

42

se rendaient pour l'eau, je montai sur un rocher et lançai dans la mer une belle pierre bien lourde. C'était le jour de l'an pour les juifs et il devait l'être pour nous aussi. Ce jour-là, la ville tira ses meilleures charges, les coups de la liberté. Les Allemands se retirèrent, pourchassés et pris pour cible par tous les toits et tous les coins de rues. Ils tirèrent les derniers coups de canon de Capodimonte. L'un d'eux atterrit devant la porte de notre immeuble et explosa près du rez-de-chaussée. Dans sa cachette, le juif fut jeté hors de son lit de camp et se blessa à la tête. Il la banda en déchirant sa chemise. Je le trouvai ainsi le soir quand je lui apportai la nouvelle du départ des Allemands.

« "C'est vous qui avez gagné ?" Il ne me croyait pas.

« "Vous aussi, vous avez gagné.

« — C'est la première guerre gagnée depuis l'époque de Judas Maccabée. Et c'est aussi la première fois que notre ville gagne une guerre.

« — Et c'est aussi la première fois que vous vous cassez la tête en tombant du lit."

« Il me demanda si j'avais jeté une pierre dans la mer. Oui, répondis-je, et c'est aussi le jour de l'an pour la ville. Je soignai sa blessure, je gardais une bouteille de brandy pour fêter la fin de la guerre et elle me servit pour nettoyer sa plaie. Nous en avons bu deux verres, la tête nous tournait. Je remontai l'escalier en m'aidant de mes mains.

« Le jour suivant, la ville était libre. Les Allemands firent une tentative pour rentrer, mais ils furent bloqués et renoncèrent. Il sortit, en s'appuyant sur moi les yeux fermés. Avec son bandage autour de la tête, on aurait dit qu'il revenait de l'autre monde. La ville était défoncée, nous nous sommes dirigés vers le bord de mer. Les navires de guerre américains étaient autant de récifs gris pointant au milieu du golfe. Il s'appuyait sur moi et tapait le sol avec force de ses pieds chaussés de souliers allemands. "Je ne veux plus marcher sur la pointe des pieds." Via Caracciolo passèrent les premières camionnettes avec une étoile peinte sur le capot. "Les étoiles ont mené le combat, comme il est écrit dans le chant de Déborah, voici les étoiles en plein jour.

« — Ouvrez les yeux maintenant, à peine, juste un coup d'œil."

« Il mit une main devant son front et vit passer l'arrivée de la liberté.

« "Vous êtes libre", dis-je, et nous nous embrassâmes. Tout le monde s'embrassait. Le jour avant le bonheur, nous allions le rater. »

Tandis que don Gaetano parlait, je regardais la fenêtre du troisième étage. Le jour avant le bonheur n'était pas encore arrivé pour moi. Je voulais le connaître. Je ne voulais pas qu'il arrive à l'improviste sans que je m'en aperçoive le jour avant. Eux savaient qu'il devait arriver le jour suivant. Je passai le reste de la nuit dans mon réduit à écrire l'histoire de don Gaetano.

L'été, je me réveille de bonne heure, je vais sur les rochers de Santa Lucia avec mon épuisette pour chercher des oursins et un poulpe, si jamais j'en trouve. Je reste là deux heures, avant que le soleil ne franchisse la bosse du volcan. Des messieurs sortent de leurs clubs après une fête nocturne. Vêtus de leurs habits de soirée exposés à la première lumière, ils se dépêchent de rentrer avec les chauves-souris en retard. Je vois même sortir le comte qui habite l'immeuble et qui joue ses biens sur les tables de son club. Il ne me voit pas. Les messieurs ont une vue différente de la nôtre, nous qui devons tout voir. Ils ne voient seulement que ce qu'ils veulent voir. Je retrousse mon pantalon jusqu'aux genoux et je descends sur les rochers. Je plonge mon épuisette et je la remonte en la frottant contre la paroi du rocher. Un coup de chance me fait trouver quelque chose à mettre sur la table. Avant de rentrer, je passe chez don Raimondo pour lui rendre son livre. Il m'en donne un nouveau qu'il a choisi pour moi. Don Raimondo est un libraire aventureux, il récupère des bibliothèques jusque dans les poubelles. Mais il est plus souvent appelé dans une maison en deuil qui dégage l'espace du défunt.

« Les livres gardent l'empreinte d'une personne plus que les vêtements et les chaussures. Les héritiers s'en défont par exorcisme, pour se libérer du fantôme. Le prétexte est qu'on a besoin de place, qu'on étouffe sous les livres. Mais que mettent-ils alors contre les murs où se dessinent leurs contours ? »

Don Raimondo me dit ce qu'il ne peut pas leur dire. « Le vide devant un mur, laissé par une bibliothèque vendue, est le plus profond que je connaisse. J'emporte les livres envoyés en exil, je leur donne une deuxième vie. Comme la deuxième couche de peinture qui sert à fignoler, la deuxième vie d'un livre est la meilleure. » Il a récupéré la bibliothèque d'un passionné de littérature américaine. Je suis en train de lire de belles aventures sur cet endroit où sont allés vivre tant de Napolitains. Mais on voit bien qu'ils n'écrivent pas de livres.

Les noms des écrivains américains sont tous des noms bien à eux. Ils ont un système de vie sportif : chacun doit s'en sortir seul. On dirait que personne n'a de famille, que la seule parenté est le mariage. Ou alors leurs livres sont écrits par des orphelins.

L'après-midi, avec don Gaetano, nous sommes allés voir désamorcer une bombe de la guerre. Certaines tombaient sans exploser. On en a trouvé une dans le port, les ouvriers creusaient un nouveau bassin. On ne pouvait pas y aller, mais don Gaetano connaît les passages et nous nous sommes installés pour regarder d'un bon poste d'observation. Entre-temps, il continuait avec les jours de la liberté.

« Les fascistes avaient disparu. On ne trouvait pas une seule chemise noire dans la rue, on les avait teintes en gris. C'était la couleur *nuncepenzammocchiù*, n'ypensonsplus. Chez nous, on oublie le malheur dès qu'arrive un peu de bien. C'est juste aussi. Un bel applaudissement aux Américains et c'est reparti. Mais c'est nous qui méritions un applaudissement de leur part, pour avoir dégagé le terrain. J'ai commencé à déterrer les bombes avec eux. Je t'ai conduit ici pour que tu voies le travail que j'ai fait. Il y en avait tellement, plantées dans les endroits les plus variés. Une sur dix n'explosait pas sous le choc. J'en ai même retiré dans le cimetière. Nous creusions tout autour, puis l'artificier venait pour la désamorcer ou au pire pour la faire exploser. J'ai fait ce métier pendant un an, on gagnait bien. Entre nous, les ouvriers, nous les appelions les œufs. C'étaient ceux de la guerre, laissés à couver.

« Plusieurs ont explosé pendant qu'on déblayait les gravats. Un coup de pioche d'un ouvrier déplaçait une pierre qui allait donner le bon coup à la fusée. Ainsi, la guerre continuait avec des œufs qui s'ouvraient après. Tu ne retrouvais même pas un doigt. L'air déplacé tuait aussi celui qui était à côté. Il faisait éclater les organes internes. De l'extérieur, la personne semblait saine, à l'intérieur tout était déglingué. Je te raconte tout ça parce qu'un jour, si tu deviens président, et qu'on veut te faire signer une guerre, après avoir dévissé le capuchon de ton stylo, au moment de mettre ton nom sur la feuille, tu te souviendras brusquement de tout ça et, qui sait, peut-être que tu diras : je ne signe pas. »

« Président, moi ? Je ne sais pas dire deux mots d'affilée.

— Pourquoi pas toi ? Tu sais écouter. C'est la première qualité de celui qui doit parler.

— Don Gaetano, vous m'embarrassez, je ne commanderai personne, mais je n'oublierai jamais ce que vous me dites. Le travail des bombes ne vous faisait pas peur ?

— Je ne le ferais pas aujourd'hui. Mais à ce moment-là, on se sentait en devoir d'aider à balayer la destruction. Je convenais bien pour ce travail, je n'avais personne. Personne ne porterait mon deuil. C'est une pensée qui te rend léger. Des pères de famille travaillaient avec moi, ils devaient gagner ce salaire-là, les jambes tremblantes. Ils confiaient chaque coup de pioche à tous les saints. D'autres le faisaient parce qu'on trouvait des objets de valeur sous les décombres. Quand sortait une chose précieuse, il fallait crier et la remettre au chef de chantier. La loi de la guerre régnait, ceux qui en profitaient pouvaient passer un mauvais quart d'heure, mais certains prenaient quand même le risque et cachaient leur butin. »

Devant notre poste d'observation sur les rochers, on voyait la queue de la bombe. Un homme en uniforme s'affairait autour.

« Il la désamorce. On voit que les fusées sont en bon état, elles ne sont pas rouillées. En les dévissant, on risque une étincelle. Un jour, une bombe était allée se glisser tout droit dans la gaine d'un ascenseur. On ne pouvait pas démolir le mur autour, il fallait descendre par en haut et la désamorcer. L'artificier américain ne voulait rien savoir. Je m'avançai, je connaissais le système. Si vous me donnez son salaire, j'y vais. Ils me firent descendre avec une corde, j'effectuai le dévissage et l'extraction. Tout était silencieux comme dans la cachette. C'était l'hiver, mais là on était au chaud. J'étais coincé entre la bombe et les câbles de l'ascenseur, mais confortablement. Ils avaient évacué l'immeuble, ils m'attendaient. J'ai pris un moment de repos, il valait mieux que je reste plus longtemps pour donner l'impression de plus grande difficulté. Je me suis endormi et quand je me suis réveillé, je ne comprenais pas où j'étais. Deux heures s'étaient écoulées, j'ai tiré la corde et ils m'ont hissé, tout doucement car j'avais la fusée dans les bras. »

En face de nous, l'artificier s'agitait sur le dos de la bombe. Je voyais Achab sur Moby Dick.

« Pas de mauvaises pensées », a dit don Gaetano qui avait entendu.

« Il a réussi. » Nous avons vu l'homme se lever et s'éloigner avec quelque chose dans les bras. Nous sommes rentrés à la maison. C'était un dimanche après-midi du mois de septembre, la foule descendait vers le bord de mer pour respirer le bon air. Nous montions vers la ruelle. Avant de nous y engager, nous nous sommes retournés pour voir la ville. Au milieu du golfe était ancré un porte-avions américain, tout autour une centaine de petits bateaux à voile faisaient la course entre les bouées. Avec toute la mer qui les entourait, ils se pressaient dans un espace étroit. Les histoires de don Gaetano aussi étaient nombreuses et tenaient dans une seule personne. C'était parce qu'il avait vécu en bas, disait-il, et que les histoires sont des eaux qui vont au bout d'une descente. Un homme est un bassin de recueil d'histoires, plus il est en bas plus il en reçoit.

Dans l'immeuble, on commençait à dire à don Gaetano : « Vous avez trouvé de l'aide ? » Je donnais le courrier, je le remplaçais quand on lui demandait un service dans un appartement.

Don Gaetano était expert en toutes sortes de réparations. Il avait la main sûre et faisait les bons gestes. La panne disparaissait sous ses doigts, c'était beau à voir. Il savait tout résoudre, même sans le matériel ou l'instrument adéquat.

« Don Gaeta', un courant d'air passe sous la fenêtre et me donne des douleurs dans les reins, les douleurs aéronautiques, comme on dit, et le menuisier ne veut pas venir. » C'était un appel aux urgences.

« Ne vous inquiétez pas, il y a toujours une solution. Sinon, à la mort du fabricant de mouchoirs, on ne pourra plus se moucher ? Je passe tout de suite chez vous. »

Il y avait une version plus insolente : « À la mort du fabricant de pots de chambre, on ne peut plus faire caca. » Don Gaetano préférait celle des mouchoirs. Il prenait du papier journal, le mouillait, puis le tassait dans la fente du courant d'air. C'était mieux que du mastic.

J'étudiais la nuit, l'école était facile, je suivais bien toutes les matières. C'étaient des boîtes, je trouvais ce que j'y mettais. À dix-sept ans, je ne connaissais pas de fille. Je gardais dans mes pensées la fillette du troisième étage qui avait grandi en moi entre-temps. Dans la rue, je regardais les filles en cherchant laquelle elle pouvait être. Elle s'était multipliée en de nombreuses possibilités. Elle était celle qui m'était destinée, mais le destin peut s'égarer en route, ce n'est pas une chose certaine qui doit forcément arriver. Le destin est une rareté. Un jour, j'avais regardé en haut, au troisième étage, et elle n'était plus là. Un silence avait envahi mon corps tout entier. Je parlais doucement, je respirais doucement, je marchais sur la pointe des pieds, en réponse aux volets fermés j'évitais de faire du bruit. Mes explorations, mes recherches d'un trésor caché cessèrent elles aussi. C'était bien la fenêtre du troisième étage qui me poussait vers l'aventure.

« Tu aurais dû naître au Moyen Âge, au temps des chevaliers errants », disait don Gaetano, qui entendait mes pensées.

Aujourd'hui aussi, c'est le Moyen Âge, répondais-je mentalement. La ville contient toutes les époques. L'immeuble et les habitants sont le Moyen Âge qui a enfilé le pantalon du présent. En ville, on vote encore pour le roi, pas celui des Savoie, on vote pour Roger le Normand.

Nos parties de cartes de l'après-midi avaient leurs interruptions régulières. La veuve du deuxième étage appelait don Gaetano, chez elle les choses se cassaient. Don Gaetano me laissait ses consignes pour monter avec sa boîte à outils. C'était une belle femme brune comme les mûres de septembre, en grand deuil, elle parlait d'une voix rauque derrière une voilette noire. Une autre visite régulière était celle du comte qui jouait ses biens à son club. Il lui restait un dernier appartement où il vivait. Sa femme, une bonne couturière, faisait des vêtements chez elle, et lui allait jouer. Il n'avait pas travaillé un seul jour de sa vie.

« Jamais, don Gaetano, jamais un membre de ma lignée n'a travaillé. Et moi, il faudrait que je déshonore ma famille ?

— Jamais de la vie, lui répondait don Gaetano.

— Et le garçon, il sait jouer ? demandait-il.

— Non, c'est une nouille.

— Dommage ! Mais vous êtes un champion, je ne connais pas de joueur capable de rivaliser avec vous. Et vous ne voulez pas me faire l'honneur d'être mon partenaire au scopone. À nous deux, on ferait sauter la banque à mon club. »

Il n'y avait rien à faire, mais le comte insistait.

« C'est moi qui couvrirai les pertes éventuelles et nous partagerons les gains. Je ferai un malheur avec vous au club. Accordez-moi cet honneur et cette satisfaction. »

Don Gaetano se défendait en disant qu'il ne pouvait pas entrer dans un club de messieurs, et pour lui faire plaisir il disait au comte de venir jouer avec eux dans la loge. Il savait que c'était impossible. Le comte, habitué à la réponse, renonçait et saluait. Il laissait dans l'air une bouffée d'eau de toilette qui piquait le nez. Don

Gaetano disait que ce club était un repaire d'escrocs où les petits crétins comme le comte se faisaient dépouiller à leur insu. « Ils sont capables de t'enlever les chaussettes sans te retirer les chaussures. »

Don Gaetano regrettait la nature qu'il avait connue en Argentine. Les plaines où les troupeaux paissaient en liberté, où le tonnerre éclatait « à coups de tarentelle et où la terre était une piste de danse du ciel ». « Être orphelin était la condition naturelle, nous étions tous des orphelins, bêtes et hommes sur une plaine vaste comme un océan. Brigands, prêtres sans soutane, anarchistes, Irlandais, l'Argentine ôtait des cœurs la cause du voyage et donnait de l'espace à volonté. Les solitudes réglaient leur respiration face aux horizons. Je m'étais enfui là-bas sans savoir allumer un feu, l'Argentine m'a appris à vivre, c'est-à-dire à survivre. Tout autre chose que vivre, qui est passer le temps. Survivre a pour objectif la fin de la journée, le bon endroit pour bivouaquer, de l'eau pour le cheval et du petit bois pour le feu.

« Au début, je vivais à Buenos Aires, je donnais des leçons de latin aux enfants des riches émigrés, puis j'ai suivi un Irlandais qui partait élever des moutons dans les plaines. Je l'ai quitté ensuite pour devenir l'hôte de la nature et de son abondante charité. Je valais un, le chiffre assigné à chaque vie, sans garantie de le conserver. Il pouvait retomber à zéro tous les jours, je devais gagner sa durée.

« Dans les plaines d'Argentine, j'ai connu le feu. Je l'ai vu s'allumer sous la foudre, se cacher et glisser sous l'averse. Puis il partait en frétillements de lézard sous l'herbe qui ployait, sortait la tête, s'enroulait en pelote avec le vent, sautait sur un buisson et dansait au sommet. Je l'ai vu pourchasser les bêtes, attraper les oiseaux en vol. J'ai vu son dos orangé monter sur la colline, devant lui courait la trombe de fumée noire avec laquelle il part à l'assaut. »

Quand il parlait de l'Argentine, don Gaetano utilisait une autre langue et une deuxième voix, plus de gorge. Des mots rapides, nerveux, lui venaient, à tenir en bride.

« Je frôlais les incendies, la chasse y était bonne, mais c'était surtout parce qu'ils m'attiraient. L'air était amer, mes cils étaient brûlants. Le cheval éternuait de peur, mais il était fier et supportait. L'incendie laisse la terre en blanc et noir, il suce la moelle des couleurs, dessèche le vert, le bleu et le marron. La nuit, je m'en éloignais pour bivouaquer, le feu que j'allumais flairait l'incendie et appelait pour se laisser rattraper. À l'aube, je l'étouffais en piétinant jusqu'à la dernière braise et le feu me détestait car j'étais son maître et lui n'en supporte aucun. C'est un expert de l'encerclement, il surgit brusquement du côté opposé, avance même à contrevent. Il gronde s'il se trouve cerné. »

Les yeux de don Gaetano s'étoilaient à ces souvenirs. Je ne connaissais pas le feu. J'étais né quand le volcan avait vidé sa force dans le ciel plus que sur la terre. On balayait la cendre des toits par sacs entiers. J'ai entendu dire alors qu'elle n'est pas légère et qu'elle défonce les plafonds sous son poids. « Puis je l'ai revu à Naples, embrasé par les bombes. Celles-là aussi éclataient d'en haut comme des éclairs, mais elles brûlaient les gens et les maisons, pas la plaine.

« Je ne le reconnaissais pas, il ressemblait aux hommes, il était isolé, il passait rarement d'une maison à l'autre. Je le regardais se défouler, s'éteindre en laissant debout les murs et les livres aussi. Juste un bout de couverture brûlée, il n'entamait pas plus que le titre. Le livre est un oursin, s'il reste fermé et compact, il résiste au feu. L'incendie des bombardements était celui des hommes, une de nos imitations. Je le regardais fixement quand même et je n'aurais pas fait un geste pour l'éteindre. Sois prudent avec le feu, mon garçon, parce qu'il appelle, fascine, attire et rend fou.

« C'est ici que nous ne sommes rien, entassés les uns sur les autres dans les ruelles. Là-bas, quand je croisais un homme, c'était un ami pour la vie ou un assassin. L'Argentine a été une patrie de réfugiés, ceux qui s'enfuyaient jusquelà cessaient de regarder en arrière.

« Je voyageais à cheval en compagnie des papillons. Des millions de papillons volaient bas pour nous faire courir sur leurs ombres. Leur tapis d'ombres ondulait sous les sabots du cheval, je chevauchais une plaine volante. La nuit, j'attachais la bête à ma jambe si je ne trouvais ni arbre ni pierre. Je me réveillais autre part, entraîné par le cheval qui se déplaçait pour brouter l'herbe.

« En Argentine, j'ai oublié. Toute chose nouvelle que j'apprenais en effaçait une de ma vie antérieure. J'ai commencé à entendre les pensées des gens. Au début, je les prenais pour des voix, je pensais que la solitude me tapait sur la tête. Puis j'ai su que c'étaient les pensées des autres. Je ne pouvais rien faire pour les enfermer à l'extérieur. Connaître les pensées, c'est vivre dans une loge de concierge, tu as les clés des appartements dans ta poche, tu es le gardien. Tu connais les pensées tristes, les problèmes, les crimes. Tu n'es pas le confesseur, tu ne peux pas les absoudre. De l'intérieur, l'humanité fait peur, de la chair à rôtir en enfer. Et toi, il te faut te comporter comme si tu ne savais rien. C'est la nature en Argentine qui m'a fait tel que je suis, elle m'a donné un laissez-passer. Il faut la nature à un homme et toi tu ne la connais pas. »

Je ne savais rien de la nature, du corps. J'avais grandi bien maigre, affamé, mon seul défoulement était la partie de ballon le samedi après-midi et un entraînement au milieu de la semaine. La mer c'étaient les rochers de Santa Lucia, la nature c'était celle qui échouait dans mon épuisette.

Quelquefois, je voyais le golfe d'un tournant de la route sur la colline. Toute cette beauté, invisible à qui se trouvait dedans, ne semblait pas possible. Nous étions des poissons dans une épuisette, avec l'immensité de la mer autour. Je cherchais l'endroit où se trouvait notre ruelle, mais on ne la voyait pas, les rues étaient ensachées. Nous, nous vivions là ignorant comme la lumière et l'air variaient un mètre au-dessus de la ville. Du tournant sur la colline, la nature faisait un demi-cercle de terres avec le Vésuve au centre. La nature existait vue de loin. Don Gaetano m'emmena un dimanche sur le volcan.

« Tu dois le connaître, c'est le propriétaire, nous sommes ses locataires. Celui qui est né ici lui doit une visite. »

Nous sommes montés au milieu des genêts, puis sur la pierraille. Nous sommes arrivés au bord du cratère, un trou large comme un lac, où disparaissait la pluie fine du nuage avant de toucher terre. Le nuage de l'été nous trempait, mouillés de sueur et de sa pluie. Tout n'était que paix dans ce sac de brume légère, une paix tendue qui concentrait le sang. Sur le bord du volcan, à la fin de la montée, je sentis que mon sexe avait gonflé. Je m'éloignai de don Gaetano prétextant un besoin urgent. Quelques pas en descente suffirent à m'enfermer dans la densité du nuage et j'évacuai mon envie, en la répandant sur la cendre compacte. Don Gaetano m'appela et je le retrouvai. « Ça c'est la nature, mon garçon, quand tu es seul dans un de ses coins perdus et que tu te connais. » J'étais étourdi, le nuage m'avait fait entrer dans son bain, il avait soufflé sa vapeur sur mon visage et me gardait enfermé. Les yeux ouverts ou clos, je voyais la même chose, un voile sur les paupières et le sang blanc qui montait jusqu'à la pointe de mon sexe. C'était la nature et je l'abordais pour la première fois. Il m'était déjà arrivé de me réveiller mouillé, mais à l'intérieur du nuage toucher et pousser avait été mon œuvre. En descendant, nous avons débouché dans le plein soleil qui a séché nos vêtements.

J'apportais à table un peu de poisson ratissé avec mon épuisette. Don Gaetano appréciait et savait le cuisiner. Il se moquait de moi : « Aujourd'hui aussi, on mange le pauvre poisson qui a eu le malheur de faire un tour au moment où tu passais. » Il se dit qu'une expérience en mer me serait utile. Il connaissait un pêcheur de Mergellina qui s'était installé à Ischia. Il organisa pour moi une sortie en mer avec lui. Je pris la dernière navette du jour. Du quai voisin partaient les émigrants, moi je partais en excursion. J'étais perdu, les mains sur les genoux, ne sachant où les poser. La traversée troubla mes sens, la cheminée lançait son noir de seiche contre le soleil couchant, les vibrations du moteur me faisaient des chatouilles sur la peau, les bouchées de pizza frite fourrée à la ricotta me détachaient pour la première fois de la ville. Je saluais du regard la distance qui m'éloignait. Ces deux heures de traversée contenaient un adieu, triste ou gai, je ne savais guère.

Je débarquai sur l'île le soir. Un homme petit et trapu, un béret sur la tête, m'attendait. Il me fit sourire quand il me dit : « Comme tu es grand, tous les deux on dirait une bombe et sa mèche. »

Nous sommes allés sur la plage où nous avons poussé sa barque et nous avons gagné la mer à la rame. C'était un soir qui élargissait les pores, tout ce que je voyais m'émerveillait. Pas de lune, les étoiles suffisaient pour voir loin. Les lumières de l'île se perdirent derrière nous. Devant et au-dessus, le ciel débordait de galaxies. De la cour de l'immeuble, il était impossible de voir un tel amas. Quand on l'étudiait à l'école, l'univers était une table dressée pour des invités munis d'un télescope. En fait, il s'étendait à l'œil nu et ressemblait à un mimosa en mars, avec ses grappes fleuries, surchargé de points nébuleux, jetés pêle-mêle dans le feuillage, serrés au point de cacher le tronc.

Ils descendaient au ras de la barque, je les voyais entre les rames et sur son béret bien enfoncé sur la tête. Cet homme, le pêcheur, n'y prêtait pas attention. Un homme pouvait-il vraiment s'habituer à ça ? Être au milieu des étoiles et ne pas les chasser de son dos ? Merci, merci, merci, disaient mes yeux, d'être là.

Au large, il me dit : « À ton tour », et il me donna les rames. Longues, à pousser debout, face à la proue. Il me dit de me diriger vers un promontoire. Il se mit à placer des appâts sur un long fil d'où partaient à distance régulière une ligne et un hameçon.

Je l'avais vu faire avec les rames et je l'imitais. Ce n'était pas un effort des bras, mais du squelette tout entier qui allait d'avant en arrière pour soulever les rames et les plonger plus loin. Sans friction de vagues, la barque allait toute seule sous les pieds. Quand c'est ainsi, la mer semble en descente. « *Cuóncio, nun t'allenta'* », doucement, ne te fatigue pas, me disait-il.

Je ramai pendant deux heures dans l'eau immobile de la nuit. Le bruit des rames faisait deux syllabes, la première avec l'accent quand elles entraient dans l'eau, la seconde plus longue, le temps de ressortir. An-na, An-na, entre les deux syllabes, mon souffle prononçait un nom de femme. Au bout de deux heures, il prit les rames et moi je fis descendre lentement en mer le fil avec la centaine d'appâts. Quand nous eûmes terminé, le jour pointait.

Autour de nous, la surface de la mer fut parcourue d'un frisson, les anchois menacés par le thon montaient par paquets et sautaient en l'air, l'eau se ridait de leur essaim en fuite. Nous étions au milieu, le pêcheur saisit l'épuisette et la plongea au hasard dans le tas. Il en retira une poignée vivante qu'il versa dans un seau. Ça, c'était du vol.

Le soleil apparut en glissant, un bruit de gaz qui prend feu, le réchaud allumé, et il posa dessus une petite cafetière toute cabossée et décolorée. Il se mouilla la tête et remit son béret, je fis le même geste moi aussi. Le café siffla dans le bec comme un coq. Il leva sa tasse vers le soleil pour saluer le jour qui montait. Nous avons bu en aspirant son odeur de terre en pleine mer, à plusieurs milles de la côte.

À son signal, je pointai sur le haut-fond, une zone au milieu de la mer à repérer par la silhouette de Sant'Angelo qui devait se découper entièrement et l'île de Vivara qui devait prendre la forme d'une feuille de laurier. Dans ce bras de mer, on était sur le haut-fond. Le soleil faisait déjà briller la sueur sur nos visages. Donne-nous aujourd'hui le pain bleu attaché au crochet de l'hameçon, c'était la prière, et non pas la revendication, qui accompagnait ses gestes lents. Ainsi sollicitée, la mer se laissait cueillir. Nous avons plongé les lignes appâtées de petits bouts de calamar. C'est le blanc scintillant de l'ombrine qui monta du fond en premier, puis la rascasse rouge, déchaînée. Sous la friction du soleil, la mer se mit à remuer, des vagues lentes déplaçaient le bateau hors de la zone de pêche. Je corrigeais la dérive avec les rames. C'était l'heure d'attente avant d'aller retirer le filet laissé suspendu à deux flotteurs. Nous sommes allés les récupérer. Par lentes brassées, régulières, il replaçait le fil dans les paniers. Au bout de cinquante mètres une murène monta sous le bord. Il la hissa avec l'épuisette, retira de sa bouche le morceau avalé et la jeta dans un baquet. Suivit un petit mérou, puis un moyen et le sar glorieux, fierté de celui qui revient de la pêche.

Par deux fois, le fil se tendit, coincé quelque part au fond. Il m'ordonna de ramer dans une direction, devinant par où le dégager. Le travail terminé, nous avons ramé à tour de rôle. Nous avancions à contre-courant, chaque coup de rames s'appuyait sur une poussée de la poupe. Nous sommes arrivés sur la plage de départ au moment où les cloches appelaient pour la messe de midi. Il m'offrit le petit mérou et me serra la main. Je m'aperçus qu'elle saignait, par manque de pratique des rames. Nous avions échangé dix mots dans les moments nécessaires.

Sur le bateau du retour, je m'allongeai pour dormir sur les sièges en bois qui sentaient la peinture et le sel. Un matelot me réveilla, nous étions arrivés. La ville était déjà tout autour, je ne l'avais pas entendue approcher. Un instant, je fus étourdi sans savoir où aller ni quoi faire. La brûlure de mes mains me ranima.

Le soir, don Gaetano prépara le mérou à la tomate, le meilleur du monde, qui fut dépouillé de sa chair jusqu'à l'arête.

C'était l'été et le gonflement dans mon pantalon revenait souvent. Don Gaetano m'apprit quelques petits travaux simples d'électricité et de plomberie, pour m'envoyer faire les réparations à sa place. Je touchais des pourboires. Un après-midi, à l'habituel appel de la veuve, il dit que c'était moi qui montais. Je me présentai avec la boîte à outils, elle me fit entrer. Chez elle aussi, elle portait un petit chapeau avec une voilette noire. Les volets étaient fermés, une pénombre fraîche. Elle me conduisit à la salle de bains pour réparer le tuyau d'évacuation du lavabo. Je me baissai pour dévisser le siphon, elle resta tout près, ses genoux nus à la hauteur de mes yeux. Tandis que je forçais le tuyau avec la clé anglaise, ses genoux commencèrent à me donner de légers coups. Je ravalai la salive qui montait à ma bouche. Sa main plongea dans mes cheveux pour les ébouriffer, je m'interrompis, je restai sans bouger. Elle les empoigna et se mit à les tirer vers le haut. Je lâchai la clé anglaise pour lui obéir. Elle éteignit la lumière et avança son ventre contre le mien. Ses bras montèrent à mon cou et le serrèrent en l'attirant doucement vers son visage. Elle ouvrit ma bouche avec deux doigts, puis avec ses lèvres. Je levai les mains en signe de réponse, elle me les prit et les mit derrière son dos. Puis elle chercha mon sexe. Je tournais le dos au lavabo, d'une poussée vers moi elle fit entrer mon sexe dans son corps. Elle me faisait bouger. C'était plus beau qu'à l'intérieur du nuage. Elle posa mes mains sur sa poitrine et se mit à souffler de plus en plus fort, jusqu'à une poussée qui emporta tout mon sang. Il s'était produit une transfusion entre elle et moi. Ce devait être ça le *facimm'ammore*, faisons l'amour, que se disent les hommes et les femmes.

J'étais en nage, mon slip à mes pieds, le dos raidi d'avoir supporté ses poussées sans m'appuyer contre le lavabo. Elle se détacha de moi, alluma la lumière et se lava entre les jambes. Elle me dit de faire la même chose. Puis je ramassai mes outils. « Si j'ai besoin, je t'appelle. » « Oui, madame. » Et ce fut ma première réparation.

La deuxième fois déjà, ce fut plus facile, pas de salle de bains, mais directement dans sa chambre, elle me déshabilla, m'allongea sur le lit et s'étendit sur moi. Les poussées venaient d'elle. Nous sommes restés collés plus long-temps. Don Gaetano me demanda si je le faisais volontiers, je fis oui de la tête.

« Elle m'a remplacé par toi. » Je dis que ce n'était pas juste.

« C'est juste et opportun. Elle est jeune et je n'arrivais plus à répondre à tous ses appels. »

Moi, je répondais. Elle avait certaines fan-taisies, dont l'une était le noir total, moi je devais me cacher et elle entrait pour me cher-cher. Je restais une heure, puis je descendais. J'y allais l'après-midi, cela dura jusqu'au début de l'automne. Puis elle mit fin à son deuil, retira sa voilette et sortit avec des couleurs sur elle. Les appels cessèrent. C'était don Gaetano qui m'avait recommandé, il lui avait dit que j'étais quelqu'un de confiance, quelqu'un qui ne par-lait pas.

« Il te fallait un peu de nature. Maintenant que tu l'as connue, la rencontre avec celle du troisième étage peut bien avoir lieu.

— Et comment la reconnaître ? Il s'est écoulé dix ans, une montagne de temps.

— Mon garçon, le temps n'est pas une mon-tagne, un bois peut-être. Si tu as connu la feuille, tu reconnaîtras l'arbre. Si tu l'as regardée dans les yeux, tu la retrouveras. Même s'il s'est écoulé un bois de temps. »

Je me formais aux réparations. J'apprenais vite, je reproduisais correctement une chose que j'avais vu faire. Je gagnais un peu d'argent. Je comprenais les tuyaux, les fils qui apportaient des flux à garder enfermés dans les conduits, fluides entre les articulations et les interrupteurs. J'aimais être le chef de gare de ces courants. Gouverner l'eau et l'électricité était un jeu. Enfin, pas vraiment un jeu quand la colonne d'évacuation se bouchait et qu'il fallait vider les excréments. La première fois, j'ai vomi dedans. Alors, don Gaetano m'a fait mettre un mouchoir sur la bouche et le nez.

L'automne de ma dernière année d'école avait commencé. J'étudiais la nuit et l'après-midi je restais à la loge pour jouer aux cartes et remplacer don Gaetano. Un jour où personne n'avait besoin de nos services, il tombait une pluie fine de nuages bas qui descendait molle et poisseuse. Nous en étions à la première partie de scopa. Je tournais le dos à la fenêtre, don Gaetano se leva pour répondre à quelqu'un devant la loge. Je profitai de l'interruption pour aller aux toilettes. À mon retour, don Gaetano était assis devant la table avec deux jeunes filles vêtues d'imperméables. Une des deux regardait autour d'elle, l'autre non. L'une était blonde, l'air dégagé, elle parlait avec don Gaetano, l'autre non. Je restai debout, à l'écart.

La blonde demandait s'il y avait un appartement à louer dans l'immeuble. Don Gaetano prenait son temps pour comprendre à qui il avait affaire, il leur demanda si elles voulaient un café. Elles acceptèrent et retirèrent leur imperméable. Je mis la cafetière sur le feu. Par habitude, je ne regarde pas les filles en face. Sinon, je me sens gêné.

« Ici, on ne met pas de panneau à louer, ça se fait de bouche à oreille. En ce moment, il n'y en a pas, mais un appartement de trois pièces doit se libérer au troisième étage. »

Don Gaetano fit une pause. J'étais debout devant la cuisinière et je regardais furtivement la fille qui n'avait encore rien dit. Je voyais ses cheveux châtains, marron glacé, raides et retenus par une barrette sur la nuque. « Celui où vous habitiez quand vous étiez petite », dit don Gaetano, et il eut un petit sourire pour la jeune fille muette. Je reculai d'un pas et heurtai la cafetière qui ne voulut pas tomber.

« Anna » me sortit de la bouche. La blonde avait couvert ma voix en demandant si elles pouvaient visiter l'appartement. Anna se retourna tout doucement et me regarda, de ses grands yeux paisibles, ceux de qui se tient derrière une vitre. « Fais attention au café qui bout, mon garçon. » Je retournai la cafetière en la retirant du feu.

« Monte demander si les demoiselles peuvent visiter l'appartement. » Je sortis comme un somnambule, la bouche entrouverte. Je remontais l'escalier en même temps que le passé, toutes

66

les fois où je m'étais aventuré devant cette porte pour entendre un bruit, espérant la voir sortir. Ce n'était jamais arrivé. Et maintenant, j'allais frapper à sa porte pour la ramener là. Le passé était un escalier et je le remontais.

Je revins pour trouver quatre tasses, une pour moi aussi. « Si c'est vous qui les accompagnez, don Gaetano, les demoiselles peuvent monter. » Je bus le café sans parvenir à lever les yeux. La vitre qui séparait la petite fille du monde était tombée, les débris devaient rester par terre. Ils montèrent à l'appartement, je lavai les tasses, puis je sortis de la loge, j'allai dans la cour et restai sous la pluie. J'avais si souvent plongé sur ce sol mouillé pour attraper le ballon au milieu des pieds, des coups de pied. Je regardais le tuyau qui montait tout droit en passant près du balcon du premier étage. Il était maintenant habité par des pots de basilic, le dernier de l'année.

Je levai la tête jusqu'au troisième étage. Elle était là, derrière la vitre, et elle regardait en bas. Je baissai les yeux, le café remonta dans ma gorge, poussé vers le haut par un coup de hoquet du diaphragme. Je rentrai dans la loge pour vomir dans les toilettes.

Elles redescendirent, la blonde recommandait à don Gaetano de la prévenir à l'échéance du bail, elles étaient prêtes à prendre la succession. Anna suivait en regardant autour d'elle. Je les aidai à mettre leurs imperméables, la blonde dégagea ses cheveux du col, un geste qui m'obligea à reculer la tête pour ne pas les avoir sur la figure. Anna garda les siens sous son col, séparés au milieu par une raie qui les partageait en deux versants. Une odeur de pluie, volée sur son dos, monta dans mon nez. Le temps s'était emparé de cette odeur pour qu'on le reconnaisse. Elle me remercia, se retourna pour me serrer la main, sentit la blessure de la rame et sourit. Dans ce contact, il y avait la promesse des enfants de se voir le lendemain. Puis elle serra la main de don Gaetano. La blonde était déjà sortie et dehors il ne pleuvait pas. « Elles vont venir vivre ici ?

— Je ne crois pas, elles voulaient seulement visiter. C'est l'autre qui a amené avec elle cette blonde qui parle comme un avocat.

— J'ai attendu si longtemps de la revoir que j'ai oublié comment elle pouvait être. Attendre m'a fait oublier ce que j'attendais. C'est possible une telle absurdité, don Gaetano ?

— À l'orphelinat, j'attendais l'âge de sortir, puis le jour est arrivé et je ne me souvenais pas de l'avoir attendu.

— Je ne l'imaginais pas aussi belle. Mais elle n'est pas effrontée, plutôt pensive, un peu meurtrie, quelqu'un qui arrive d'un voyage. Vous croyez qu'elle reviendra ?

— Je ne crois pas. Je le sais. »

Nous n'avons pas joué à la scopa, je n'avais pas la tête à ça. Nous fûmes distraits par un léger remue-ménage, la visite d'un inspecteur

des impôts. Il était venu remettre une assignation pour un contrôle au cordonnier La Capa,
celui qui avait gagné au loto deux ans auparavant. C'était un officier public, tout pénétré de
sa mission et il avait un accent du nord. Mais
faire comprendre quelque chose en italien à La
Capa n'était pas une entreprise à sa portée. Je
vais appeler le cordonnier pour lui dire qu'il a
une visite à la loge. Il vient et cette rencontre a
lieu. Je l'ai tout de suite notée dans mon cahier.

« Vous êtes monsieur La Capa ?

— Pour vous servir, excellence.

— J'ai une assignation pour vous. »

Le cordonnier prend un air empressé, lui dit
de s'asseoir, qu'il va lui donner un verre d'eau.

« Je regrette que vous soyez dans cet état
d'agitation à cause de moi, lui dit-il, et il le
touche pour le faire asseoir.

— Quelle agitation ? Que dites-vous ? Monsieur La Capa, j'ai ici une assignation. »

Le cordonnier avait décidé qu'il était agité. Il
lui a mis le verre d'eau dans la main. « Mais je
n'ai pas soif, monsieur La Capa, ne perdons pas
de temps, je viens du ministère des Finances.

— Bravo, et qui est-ce qui se fiance ?

— Mais personne, je suis un fonctionnaire
des impôts.

— Ah ! Vous êtes un imposteur ?

— Mais comment osez-vous ? »

Le pauvre inspecteur était vexé, mais intimidé
aussi car La Capa possédait des mains grandes
comme des battoirs, d'où partaient deux bras
démesurés.

« Vous voyez ? Vous êtes agité. »

L'autre fait mine de se lever et La Capa le rassied d'une légère poussée qui le cloue sur sa chaise.

Don Gaetano surveillait la scène, imperturbable. Le cordonnier voulait s'expliquer.

« Écoutez, monsieur l'imposteur des impôts : celui qui contrôle les billets du tram s'appelle contrôleur, non ? Vous êtes dans les impôts et vous êtes un imposteur.

— Écoutez, monsieur La Capa, tout ça frise l'outrage.

— Jamais de la vie, personne ne s'enrage ici. Mais vous êtes trop pâle, vous ressemblez à Bellomunno, celui des pompes funèbres, n'est-ce pas, don Gaetano ? Il porte des chaussures noires, celles qui suivent les enterrements.

— Vous dépassez les bornes, maintenant. » Le pauvre inspecteur fait encore mine de se lever, mais La Capa le rive sur sa chaise d'un coup à fixer une semelle sur un soulier. L'inspecteur voit que ça tourne mal et commence à chercher de l'aide autour de lui. Don Gaetano, un sphinx d'Égypte.

« Bref, vous allez comprendre que je suis un inspecteur des impôts sur le revenu, oui ou non ?

— Ah non ! L'imposteur des impôts est revenu, c'est un comble !

— Mais monsieur La Capa, vous êtes sourd peut-être ?

— Sourd ? Moi qui entends d'ici à piazza Municipio ce que se disent les mouches ? C'est vous qui parlez une langue étrangère.

— Moi, je parle un italien dans les normes.

— Ça non, avec les nonnes on ne parle que napolitain. »

L'inspecteur se sent perdu, il se passe une main dans le peu de cheveux qui lui reste et se tait, n'osant pas essayer à nouveau de se lever.

« Buvez un verre », lui intime La Capa.

Il obéit les yeux fermés. Don Gaetano intervient enfin, avant qu'il se mette à pleurer.

« Je vais m'arranger avec l'inspecteur, retournez chez vous, La Capa.

— Oui, oui, occupez-vous-en, moi je n'ai rien compris à cet étranger. »

Don Gaetano se fait remettre l'assignation et libère l'inspecteur.

« Nous ne le verrons plus, celui-là.

— Don Gaetano, si vous aviez attendu encore une minute, c'est à l'hôpital qu'on l'aurait emmené.

— Il avait bien mérité une entrevue avec La Capa. Pour une fois qu'un pauvre chrétien a un peu de chance, l'État est là pour tout reprendre. La Capa avait raison, il portait des chaussures noires d'enterrement. »

Le reste de l'après-midi, don Gaetano m'apprit à mettre du chanvre autour des tuyaux filetés, à ajouter de la graisse pour rendre le joint plus compact entre deux tuyaux d'eau. Je n'avais encore jamais manié de taraud, l'outil qui sert à couper les tuyaux et à faire des filetages. Il me fit essayer plusieurs fois et j'y arrivai.

« Je dois refaire une installation, j'y vais

71

dimanche. Si tu viens me donner un coup de main, on aura fini à midi et on partage moitié-moitié.

— La moitié ? Je ne peux pas accepter, vous êtes le patron et moi je suis l'assistant. Donnez-moi dix pour cent et ça ira.

— Je te donne un quart et on n'en parle plus. »

Ainsi, le dimanche suivant de sept heures à midi pile, nous avons refait l'installation. Je rentrai pour deux heures et devant la porte fermée Anna vint à ma rencontre. Don Gaetano avait insisté pour que je me lave la figure et les mains, je pouvais serrer la sienne sans la salir. « Tu me laisses entrer ? » Elle avait l'air un peu pressé et regardait autour d'elle. J'ouvris sans trembler, mais ma gorge étouffait. Je ne pouvais pas la conduire dans le réduit où je dormais, on n'y tenait pas à deux. J'entrai dans la loge. Dans ces quelques pièces se trouvait une porte que je n'avais jamais ouverte et qui donnait, je le savais, sur un escalier en descente. Je l'ouvris, elle devait mener à la cachette. Dans un souffle, je lui demandai de me suivre. J'allumai une bougie et commençai à descendre. Anna s'appuyait d'une main sur mon épaule, mais pesamment, et je sentais une pression qui me faisait perdre l'équilibre. Un silence de tuf s'ouvrait et se refermait sur nos pas.

Nous arrivâmes dans la grande pièce où j'étais entré dix ans plus tôt. Je posai la bougie sur une saillie du mur en hauteur, nous restâmes immobiles. La bougie lançait des confettis enflammés sur ses cheveux, sur son front. Ses yeux répondaient à la lumière par des étincelles. Je respirais calmement, sans déplacer d'air. Je n'étais pas descendu là depuis cette époque, lui dis-je.

« Dans cet immeuble, tout est plus petit que dans mon souvenir d'enfant, à part toi. »

Sa voix traversa les âges. Elle commença enfantine et finit adulte. Quand elle arriva au toi, elle toucha mon bras. Je suivis sa main qui le soulevait jusqu'à son épaule. L'autre bras alla tout seul autour de sa taille : une figure d'un premier pas de danse.

« Voilà, c'est comme ça que je me l'étais imaginé. Tu escaladais le balcon pour me regarder, moi je descendais l'escalier pour venir à ta rencontre. Tu avais une cachette dans une tour où nous aurions dansé. Les désirs des enfants donnent des ordres à l'avenir. L'avenir est un serviteur lent, mais fidèle. »

Anna parlait sans un brin d'accent, une langue de livres. Sa respiration était une caresse sur ses phrases. Elle s'arrêta comme pour aller à la ligne. C'était mon tour.

« Je t'ai attendue jusqu'à oublier quoi. Une attente est restée dans mes réveils, quand je saute du lit à la rencontre du jour. J'ouvre la porte non pas pour sortir mais pour le faire entrer. »

J'appuyai ma tempe sur la sienne.

« Anna, il s'est écoulé une éternité.

— C'est fini. Maintenant commence le temps, qui dure des moments.

— Tous les jours, j'espérais que le ballon atterrisse sur le balcon fermé. Je l'escaladais soutenu par toi qui me regardais. Et puis, de là, après avoir jeté en bas le ballon pour détourner leurs regards, je devais retrouver ton visage à la fenêtre. Il fallait nous marier alors, quand nous étions petits. Comment as-tu fait pour me reconnaître ? »

Elle écarta sa tempe, me regarda au profil de la bougie.

« J'ai besoin d'un baiser pour répondre. »

Les lèvres sèches, j'allai vers les siennes à peine entrouvertes et lisses. Mon nez aspira d'abord un litre d'oxygène ivre, puis le souffle d'Anna pénétra le mien. Mon corps en apnée se précipita à mes lèvres pour la plus parfaite des égalisations.

« Tu ressens la même chose toi aussi, de la cire à cacheter qui ferme les bords d'une lettre ? »

Ces mots d'Anna, je les entendis par le nez. Ils n'étaient pas passés par sa voix, ni par mes oreilles. On écoute les pensées avec son nez ? Et toi Anna, tu peux écouter les miennes ? La réponse fut ses lèvres qui se détachaient et disaient oui.

Il n'arriva rien d'autre à nos corps. Le comble des lèvres, le souffle avalé par le nez, mêlé à nos pensées, nous suffit. C'était la dette payée à l'enfance. Nous avions exaucé le désir des enfants, la danse dans la cachette et le baiser. Nous fûmes pris d'une fatigue de ligne d'arrivée.

Nous nous sommes assis sur le lit de camp l'un à côté de l'autre, éclairés par la lumière d'incendie de la petite flamme. Je me suis levé pour la baisser, je l'ai posée par terre et me suis rassis.

« Je ne suis pas à côté de toi, Anna, je suis ton côté.

— Tu es la partie manquante qui revient de loin et qui s'ajuste. »

La lumière montait de nos pieds et enduisait nos visages de chaleur.

« Ce n'est pas une bougie, c'est un bois en flammes », dit-elle.

Anna prit ma main et la posa sur ses genoux.

« Nous n'avons pas le temps, il a expiré, nous sommes en train d'en voler une prolongation.

— Alors j'échange la fin contre le début, le premier baiser contre le dernier ?

— Les baisers ne se comptent pas, mon côté, ce n'était pas le numéro un, peut-être le millième des baisers attendus. Aucun baiser n'est le premier, ce sont tous des deuxièmes. Le premier, je te l'ai donné derrière la vitre le jour de ton escalade du balcon. Pour moi, tu gravissais un précipice. Je t'ai accordé alors ma première fois. »

Sa main serra mes doigts où les ampoules me brûlaient encore.

« Et ça, c'est un autre deuxième baiser car les mains s'embrassent et s'étreignent aussi.

— Tes paupières ont la courbe d'une quille de bateau, Anna.

— J'ai des paupières qui ne dorment pas et ne pleurent pas. »

Qu'est-ce qui nous sépare, quel temps est en train de finir ? Ma pensée rencontra sa réponse.

« Le bandit auquel je suis fiancée sortira bientôt de prison. Il veut m'épouser et partir pour l'Amérique du Sud.

— Je n'ai pas le droit de savoir. Si je pouvais, je demanderais pourquoi je ne te voyais pas en dehors des vitres. »

Anna répondit en se détachant, les mains sur ses genoux.

« J'ai été une enfant renfermée, de l'intérieur. Incapable de pleurer, même quand on me giflait. Aujourd'hui, on appelle autistes celles qui sont comme ça. Moi, je suis folle, mon côté, je suis quelqu'un qui donne des ordres aux rêves et aux désirs. Je suis une reine de sang des sorcières, celles qui ont été brûlées sur les places publiques. Tu vois comme cette bougie me désire ? On m'a emmenée loin d'ici, dans une clinique sur la montagne. Je n'ai plus revu ma famille. J'ai hérité d'eux. À dix-huit ans, je suis sortie de la clinique et je suis revenue ici. J'avais oublié où était l'immeuble. Je vis à l'hôtel. Je cherche cet endroit et cette fenêtre depuis un an. Je voulais me rappeler ce que je voyais. Et en fait je me suis rappelé ce que je n'avais jamais entendu, mon nom dit par toi. Mon nom prononcé par un garçon qui faisait le café dans une loge de concierge, celui-là je m'en suis souvenue sans l'avoir jamais entendu auparavant. Je suis faite de feuilles comme un arbre et je reconnais un vent même s'il n'est jamais venu. Puis il a été facile de regarder derrière les vitres et de te retrouver là. C'était toi, petit arbre qui avait poussé à l'endroit quitté. Toi aussi, tu es fait de bois pour brûler et naviguer. »

J'eus un frisson devant la bougie.

« Tu as peur ? Oui, tremble, mon côté, ton frisson est à peine un acompte. Tremble tranquillement, ici, dans la cachette tu peux trembler en sécurité. »

Elle me fit une caresse glacée sur mon front qui brûlait. Ce geste chassa ma peur, un linge qui enlève la poussière.

La mèche de la bougie perdait des étincelles. Anna en ramassa quelques-unes et les posa sur sa langue.

« D'après toi, les étoiles ont un goût de pain sucré ou salé ?

— Je n'en sais rien, je ne les ai jamais goûtées.

— Moi oui, je suis restée bien des nuits sur le balcon de la maison des enfants renfermés. L'été, les étoiles perdent des miettes qui arrivent dans la bouche.

— Et comment sont-elles ?

— Salées, avec un goût d'amande amère.

— Je les préférerais douces.

— Mais non, elles gâteraient la terre tant il en arrive. Certaines nuits a lieu une tempête d'étoiles qui s'effritent. La terre en est semée, elle reçoit sans pouvoir rendre. Alors, en échange, s'élèvent d'en bas les prières d'arbres et de bêtes qui remercient.

— Toi, tu pries, Anna ?

— Non.

— Pourquoi ?

— Parce que je viens de là, d'une semence qui a voyagé dans la queue de glace d'une comète.

— Et tu es venue naître ici, dans les ruelles les plus étroites et les plus braillardes du monde ?

— Oui, la traîne perdue des comètes finit dans la bouche des volcans. Ma semence est tombée dans le cratère. Il m'a recrachée lors de l'éruption de 1944. Dans le tuf de cette cachette, je respire la matière de mon origine.

— Moi aussi, Anna, je suis fils du tuf de cet endroit. Je ne viens pas des comètes de l'espace, mais de la clôture d'une cour. Je levais les yeux non pas vers le ciel, mais vers ta fenêtre, qui était un échelon du ciel descendu sur terre. Ma respiration montait vers ta vitre et l'embuait. Tu l'essuyais de ta manche. J'aime les vitres des fenêtres. J'y voyais tes coudes qui soutenaient ta tête. Par ricochet, les vitres de la cour apportaient ta silhouette jusqu'à mon réduit. Elles servaient de relais, s'il en manquait une, ta silhouette se perdait dans l'air. Je remercie les fenêtres de la cour. Et maintenant qu'est-ce que je fais avec ce bonheur, avec toi descendue des vitres ? Qu'est-ce que je peux faire, Anna ? »

Elle fut émue.

« Faire ? Quelle idée bizarre, tu penses qu'il y a quelque chose à faire ici entre nous ? Ici, il n'y a pas de verbes, seulement nos noms, rien à ajouter. Ici se trouve un lit sur lequel nous ne nous sommes pas allongés ni étreints, sec comme un autel avant le sacrifice.

— Tu veux t'étendre ?

— Pas maintenant, mon côté, ce lit est une blessure, il est couvert de bandages. J'apporterai des draps. » Elle se leva. Moi aussi. Elle me prit la main et fit un pas vers les marches. Je ramassai la bougie et la suivis. À la place des pieds tapait une queue d'hirondelle, le bonheur de remonter à l'air libre. Je l'accompagnai jusqu'à la porte d'entrée. Elle était lourde et il fallait la pousser d'un coup d'épaule. La force me manquait pour l'ouvrir et nous séparer. C'est elle qui le fit d'un seul bras, sans effort. De son corps léger sortit violemment une énergie contenue. La porte se déplaça comme un rideau. Le bruit des gonds m'arriva en pleine face en même temps que le souffle d'Anna déjà le dos tourné : « À dimanche. »

Je suis resté derrière la porte refermée. L'enfant avait été exaucé. Entre tous les manques de mon enfance, j'étais resté attaché au plus fantastique, un baiser d'Anna. Ce qui revient à une enfance, une famille, ne m'a pas manqué. Je m'en suis passé, comme beaucoup dans l'après-guerre. Aucune mélancolie, plutôt la liberté de décider du temps de mes journées, sans montre au poignet. J'avais mon réduit, l'école, la cour. J'avais la soupe apportée par la femme de ménage de ma mère adoptive. Elle m'avait sauvé de l'orphelinat, auquel j'étais destiné. De toute cette enfance, j'ai choisi le manque de la petite fille aux vitres. Quand elle avait disparu de là, la vie s'était rétrécie comme une petite cage. Je devais vivre privé de la liberté de lever les yeux.

Et voilà que dix ans plus tard, Anna était descendue du troisième étage jusqu'à la cachette pour nos noces d'enfants. Le temps était une lettre qui s'était refermée par un baiser.

Anna était folle, qu'est-ce que ça voulait dire ? Don Gaetano arriva alors que j'étais encore tout étourdi derrière la porte. Je lui dis aussitôt que j'avais abusé de la loge et que j'avais même ouvert la porte de l'escalier qui descendait. Je n'avais pas d'autre endroit où emmener Anna.

« Tu as bien fait, mon garçon, ne t'inquiète pas.

— Don Gaetano, vous saviez qu'Anna était folle ?

— On la traitait de folle. Elle ne voulait pas parler, elle ne voulait de contact avec personne. On l'a envoyée dans une clinique, on avait honte d'elle. Tant qu'elle est restée ici, elle n'est jamais sortie.

— Elle dit qu'elle est folle.

— Les fous ne le savent pas et ne le disent pas.

— Pourquoi dit-elle ça ? »

Nous étions entrés dans la loge et don Gaetano s'était mis à couper des légumes.

« À l'âge des émotions, le cœur ne suffit pas à maîtriser la poussée du sang. Le monde tout autour est bien petit face à la grandeur qui se déchaîne dans la poitrine. C'est l'âge où une femme doit se réduire à la petite taille du monde. Un choc intérieur lui fait croire qu'elle n'y arrivera pas, se réduire demande une trop grande violence.

« C'est un âge dangereux. Les femmes éprouvent une exaltation physique qu'il nous est impossible de connaître. Nous pouvons nous exalter pour une femme, elles, elles s'exaltent par la force qu'elles contiennent. C'est une énergie ancienne des prêtresses qui gardaient le feu. »

Je l'aidais à nettoyer les pommes de terre. Ce qu'il disait d'Anna ne me satisfaisait qu'à moitié.

« Que dois-je faire ?

— Il faut les peler finement, on ne doit rien jeter des pommes de terre. La peau doit être comme le copeau de bois que retire le rabot.

— Que dois-je faire avec Anna ?

— Tu dois la rencontrer, tu dois la connaître afin de pouvoir la chasser de tes pensées. Elle n'est pas pour toi. Mais tu ne seras pas libre tant que tu ne l'auras pas connue.

— Je ne souhaite pas la liberté. Avec elle, je souhaite être enfermé dans une pièce. »

Nous avons mis les légumes à cuire et nous avons joué à la scopa. À la fin de chaque tour, le compte des cartes impaires donnait l'égalisation. La scopa était un jeu qui mettait l'âme en paix.

Avec Anna, le gonflement de mon pantalon ne s'était pas produit. Cet été, il venait rapidement, la veuve m'attirait à cet endroit. Avec Anna, ce n'était pas arrivé. Notre baiser avait fait monter le sang à mes lèvres, j'en avais eu l'odeur à la bouche. Anna me donnait un bourdonnement dans les oreilles, le nez sec, une brûlure de lèvres, et soif. Pendant la journée, une bouffée de fièvre montait et descendait. Je buvais de l'eau pour ne pas m'assécher.

J'étudiais la nuit comme d'habitude. Le latin m'amusait, cette langue inventée par un auteur d'énigmes. Le traduire était chercher la solution. Je n'aimais pas le cas accusatif, il avait un vilain nom. Beau le datif, théâtral le vocatif, essentiel l'ablatif. L'italien qui renonçait aux cas était paresseux. En histoire, les trois guerres d'indépendance m'ennuyaient, alors que la résistance du Sud, classée sous le nom de brigandage, m'intéressait. Les vainqueurs ont besoin de dénigrer les vaincus. Le Sud était resté attaché à ses vaincus. Ce fut une épopée militaire bien plus sanglante que les escarmouches du Risorgimento avec la drôle double bataille de Custoza, perdue deux fois à des années de distance. Cavour m'était antipathique, Mazzini était le fondateur d'une bande armée. Garibaldi était arrivé au bon moment, Pisacane au mauvais. L'histoire était une cuisine d'ingrédients, on changeait les proportions et il en sortait un tout autre plat.

Je ne pouvais pas me livrer au même jeu avec la chimie et la physique. Les atomes s'étaient distribué le monde de manière pacifique, mais il y avait eu une époque de guerre entre oxygène et hydrogène avant d'arriver à la paix à travers la formule de l'eau. L'eau est un traité de paix. La chimie était l'étude de l'équilibre atteint par la matière du monde.

J'avais peu de rapports avec mes camarades. Je donnais un coup de main pour les devoirs sur table, mais sans prendre l'initiative de m'adresser à eux ni aux professeurs. Je répondais et c'est tout. Le samedi après-midi, j'étais convoqué pour la partie de foot.

Le gardien de but est un point de vue. Il doit prévoir et anticiper le tir par sa position. Acculé dans une action de son côté, il doit se lancer dans l'enchevêtrement des pieds. Il payait cher l'avantage de se servir de ses mains. J'avais le courage secondaire de me moquer de moi-même. On me confiait la charge de la défense, la plus noble, et moi je l'exécutais. Subir un but était échouer. Il n'existe pas de tirs imparables. Ce sont des erreurs de position en vue du tir. Je bloquais les penaltys, mais pas ceux tirés avec le pied gauche. Les gauchers sont moins prévisibles. Ils ont une fantaisie dans le pied qui ne dépend pas du cerveau, mais du pied même. Moi aussi je suis gaucher.

Entre école et foot, mes rapports étaient de remise en jeu. Je renvoyais le ballon et la question. J'étais un peu autiste moi aussi, sans l'extrémisme d'Anna. Elle était faite pour rester dans une forteresse et repousser des assauts.

Je continuais à perdre trois parties sur trois à la scopa. Même si j'avais de bonnes cartes, que je prenais le sept de carreau et que je marquais des points, don Gaetano arrivait à compenser en voyant les cartes jouées. Il ne les lisait pas dans ma pensée, il ne profitait pas de cet avantage, il calculait les probabilités.

« Don Gaetano, quand pourrai-je avoir l'honneur de faire une partie avec vous ? » Le comte faisait son apparition à la loge et s'invitait à notre table.

« Vous êtes trop mauvais à la scopa, sauf votre respect. Jouez avec le garçon et si vous gagnez nous ferons une partie. »

Le comte se contentait des éliminatoires, une partie à onze avec moi, et il perdait.

« La carte ne m'aime pas », « Quel jeu agaçant », « Je ne peux pas faire scopa, c'est lui qui a la bonne carte ». Il se fâchait et s'en allait en saluant seulement don Gaetano. Son eau de toilette faisait éternuer. « À force de vivre dans un nuage d'eau de Cologne, il ramollit, et il perd forcément à la scopa. » Quand le comte sortait, don Gaetano ouvrait la fenêtre et chassait l'air en faisant du vent avec un torchon.

Don Gaetano fredonnait une chanson apprise sur le bateau qui l'emmenait en Argentine.

Je veux m'en aller loin, si loin
Que personne ne me trouvera, pas même le vent
Que personne ne me trouvera, pas même le vent
Pas même le soleil qui marche tant.

C'était la rengaine d'un jeune paysan des Marches, son voisin de hamac dans la soute. De ces vingt années en Argentine, il se rappelait le voyage, l'océan. C'était le désir exaucé du garçon qui sautait la grille de l'orphelinat pour aller voir les bateaux illuminés, à l'ancre dans le golfe.

« Les voyages sont ceux faits sur la mer avec les bateaux, pas avec les trains. L'horizon doit être vide et doit détacher le ciel de l'eau. Il ne doit rien y avoir tout autour et l'immense doit peser au-dessus, alors c'est le voyage. Certains pleuraient, malgré la misère qui les forçait, la perte les tourmentait. À part un petit nombre et les pires, nul n'avait l'esprit d'aventure. L'argent du billet avait été pris sur les économies de plusieurs familles. C'était leur investissement sur l'avenir. Ils seraient remboursés par la réussite de leur parent. La tâche écrasante, l'obligation de faire fortune, effrayait comme l'étendue de la mer. À ceux qui pleuraient, je disais que cette eau salée irait grossir l'océan. Le voyage devait servir à oublier le point de départ. Il durait presque un mois et à la fin débarquaient des hommes prêts, le nez en l'air. »

Et ce samedi-là, je me suis cassé le nez. Je m'étais jeté dans la mêlée des pieds pour attraper le ballon, j'étais en avance, mais l'autre, lancé dans sa course, tira quand même et me frappa en pleine figure. Je ne lâchai pas prise, l'arbitre siffla la faute. Je portai la main à mon nez, je le trouvai déplacé. Je ne devais pas être beau à voir, les autres regardaient effrayés. Un étudiant en médecine prit mon nez entre ses doigts et me le redressa d'un coup sec. Le cartilage avait déraillé et il l'avait remis en place. Il me dit qu'il y avait une fissure dans l'os, qu'il était fêlé. Ils me remplacèrent, je mis de la glace sur mon nez pour ralentir l'écoulement de sang.

À la fin de la partie, mon adversaire vint s'excuser. Je me souvins d'une phrase des histoires de don Gaetano, je répondis : « Ce sont des choses qui arrivent le jour avant.

— Le jour avant quoi ?

— Le jour avant le bonheur. »

Il s'en alla en hochant la tête. Je rentrai à la maison les yeux gonflés de violet. Don Gaetano me fit une compresse d'eau et de sel.

Je dormis tout endolori dans une ronde de rêves. Je me réveillai alors qu'il faisait nuit. Je ne sentais rien dans mon nez, un bouchon de sang sec l'isolait. Je ne voulais pas renoncer à mon nez devant Anna. J'enveloppai une cartouche de stylo dans du papier hygiénique et je tentai d'ouvrir une brèche dans mes narines. La douleur m'arrachait des larmes. J'essayai de dissoudre le grumeau avec de l'eau chaude, elle ressortait rose. C'est peut-être ça l'eau de rose ?

Je trompais ma douleur en pensant à Anna, je soufflais dans mes narines, mais l'air retournait dans ma gorge. À force de poussées et de rinçages, le bouchon céda d'un coup et je me remis à saigner. Les odeurs pouvaient monter, c'était celle des cheveux marron glacé que je voulais retrouver. Je passai le reste de la journée à rincer mes narines à l'eau chaude pour empêcher le grumeau de se reformer.

« Don Gaetano, je fais le ramoneur.

— Laisse-le tranquille, ce pauvre nez. »

J'avais insisté pour faire le travail prévu. « C'est ma gueule qui en a pris un coup, pas mes bras. » C'était facile, une nouvelle installation électrique, des fils à faire passer dans des gaines avant de les relier. À midi, nous avions fini. La soupe qui fumait me surprit, elle avait l'odeur du sang. Je mâchai du pain avec des olives. Don Gaetano insista pour me faire boire un verre de vin : « À cause du sang que tu as perdu, le vin équilibre. »

Oui, il équilibrait. En revanche, au bistrot il dépassait l'équilibre et faisait tituber. Don Gaetano y allait le soir en quête de compagnie. Et au retour, il en raccompagnait un, en le soutenant par le bras, qui s'était laissé dépasser par le vin.

« Hier soir, celui que j'ai aidé a vomi tout son saoul en chemin. Ils boivent à jeun, avec quelques sous ils se paient du vin sans un morceau de pain. Il s'excusait. "Ce n'est rien, lui disais-je, je suis désolé pour vous qui êtes plus vide qu'avant." Le bistrot, c'est mieux que le théâtre, chaque table une comédie. Des tragédies non, au bistrot on ne donne que des représentations légères, ceux qui ont de graves ennuis n'y vont pas. »

Après avoir mangé, il enfila son manteau et sortit en disant qu'il rentrerait tard.

« Quand tu auras fini, tu fermeras la loge et on se verra demain. »

Le silence derrière lui, une fois la porte d'entrée refermée, le silence d'un dimanche après-midi me brûla les oreilles. Je les bouchai de mes mains froides. Je reniflai, un passage s'était formé. Je rinçai quand même mon nez avec de l'eau tiède. L'eau de rose sortit à nouveau.

Je ne regrettais pas de m'être cassé le nez le jour avant. Celui qui est appelé à défendre les buts a la responsabilité de toute une équipe. Le jour avant la liberté, don Gaetano était allé se battre avec les Napolitains. Il n'était pas resté enfermé chez lui à attendre. Il avait fait ce qui était nécessaire et moi aussi. Et si la liberté le trouvait mort le jour suivant ? C'était pire si elle le trouvait caché. Chacun doit gagner sa liberté et la défendre. Le bonheur non, c'est un cadeau, et il n'a rien à voir avec le fait d'être un bon goal et d'arrêter des penaltys. Le bonheur : comment pouvais-je me permettre de le nommer sans le connaître ? Dans ma bouche, il résonnait avec effronterie, comme lorsqu'on se vante de connaître une célébrité et qu'on l'appelle par son prénom, en disant Marcello pour désigner Mastroianni.

D'Anna et du bonheur, je ne savais que le nom. Si elle ne venait pas, où la chercher ? Je ne devais pas me permettre certaines familiarités. Après sa venue, je pourrai dire ce qu'est ce fameux bonheur.

Je retirai mes mains de mes oreilles. Mes pensées les avaient réchauffées. Le silence s'était effacé. D'un balcon sortait la voix d'une radio, d'un autre un bruit d'assiettes. Je devais laver la vaisselle et je le fis, puis je sortis dans la cour. En haut, les nuages se déplaçaient en montant. Le sol était humide de linge qui s'égouttait. Le vent s'était levé et la mélancolie d'un jour qui s'estompait me titilla. J'imaginai le crépuscule, le soleil qui descendait à terre derrière la colline, traînant après lui une chaîne de nuages qui s'étiraient. Je sortis dans la rue, je n'avais pas d'heure précise pour attendre Anna. De toute la journée du bonheur, il ne restait qu'un bout.

Si elle ne venait pas, comment devrais-je appeler ce jour-là ? Je ne devais pas l'appeler. Ce serait un jour comme les autres, rempli de choses nécessaires, avec aussi l'étude d'un peu de grec. Pourtant Platon m'était antipathique, il s'était mis à écrire les dialogues de Socrate : comment avait-il pu se le permettre ? Il avait pris des notes le soir comme moi avec les histoires de don Gaetano, ou se les rappelait-il ? Platon dupait le lecteur, il mettait dans la bouche de son maître et des autres ce que bon lui semblait. Il restait caché derrière eux. Est-ce ainsi que fait un écrivain ? Certes non. L'écrivain doit être plus petit que la matière dont il parle. On doit voir que l'histoire lui échappe de tous les côtés et qu'il n'en recueille qu'une faible partie. Celui qui lit apprécie cette abondance qui déborde de l'écrivain. Avec Platon, au contraire, l'histoire reste enfermée dans son enclos, il ne laisse échapper aucun jaillissement de vie indépendante. Ses dialogues sont alignés en rang par deux, du tac au tac, en avant marche.

C'est une pensée qui me vint en voyant sortir deux par deux les garçons vêtus de l'uniforme de l'académie militaire de la Nunziatella. À l'âge du lycée comme moi, ils étudiaient à l'école militaire. En face d'eux qui descendaient à Santa Lucia, la démarche souple d'Anna remontait le courant. Elle coupait les deux rangs, passait au milieu, les garçons s'écartaient et elle les traversait. Elle montait la tête haute, une robe à fleurs la moulait, du papier d'argent autour d'un bouquet. Elle portait un paquet dans ses bras, ses cheveux fraîchement lavés suivaient l'onde de ses pas. Je soufflai par le nez pour anticiper son odeur de loin. Le soir commençait à tomber, les lumières s'allumèrent. Elles ne parvenaient pas encore à éclairer, mais elles firent naître sur ses lèvres un sourire de réponse. Elle était vêtue légèrement pour un soir d'automne. Elle portait aux pieds des souliers à talons qui poussaient tout son corps en avant. Elle avait mis des couleurs sur son visage.

« Laisse-moi entrer », et elle regarda derrière elle.

Nous entrâmes rapidement dans la loge. De violents battements enflammaient ma tête, la douleur de mon nez frappait à coups de cloche. Dans la cuisine, elle se retourna pour me donner le paquet, c'étaient des draps. Elle prit mon visage entre ses mains et poussa sa bouche maquillée de rose contre la mienne en respirant profondément. Ce fut une douleur tout à fait particulière, un élancement dans les yeux et du chocolat fondant dans la bouche. Alors, elle remarqua mon visage tout gonflé autour de mon nez : « Qu'est-ce que tu as fait ? », « Un coup de pied, hier », elle ne posa pas d'autre question.

« J'ai apporté les draps », et elle se dirigea vers la porte qui donnait sur l'escalier en descente. J'allumai la bougie et enfermai la ville dans mon dos.

Nous descendions là où personne ne nous trouverait. Anna suivait, une main posée sur mon cou, de son corps émanait une force qui déplaçait l'air.

Le baiser avait été violent, sa prise sur mon cou me serrait. Au bas de l'escalier, je posai la bougie par terre, elle arrangea le lit. Je la regardais s'activer. Elle ne faisait pas, elle donnait plutôt des ordres aux choses, qui les exécutaient. Elle avait déroulé en l'air le premier drap, qui était retombé à plat sur le matelas, il ne restait plus qu'à le border. De même pour le deuxième et la couverture. Elle s'approcha et commença à me déshabiller. Ma veste était déjà enlevée, les boutons de ma chemise se dégageaient tout seuls sous sa poussée, elle me la retira d'un geste rapide qui nous fit vaciller, la petite flamme et moi. Elle posa son oreille sur ma poitrine crispée, creusée sous les côtes, serra ma taille entre ses mains et j'eus le souffle coupé.

« Doucement, Anna, tu me casses.

— Tais-toi, j'écoute ton sang plein d'air. »

Elle retira ma ceinture, mon pantalon tomba tout seul à cause de ma maigreur. Elle me poussa sur le lit, m'enleva mon slip et mes chaussures. J'étais nu et je me glissai sous les draps, elle ne retira même pas ses souliers et entra dans le lit.

Je me trouvais entre le mur et elle. Elle s'étendit sur moi. Ses petits seins s'étalèrent sur ma poitrine, ses bras se refermèrent autour de mes épaules en me bloquant. Elle ne forçait pas, mais je ne pouvais plus bouger. Mes jambes aussi étaient prisonnières des siennes. J'arrivais à respirer, mais pas si elle serrait. Je ne pouvais imaginer autant de force sans aucun effort. Elles sont comme ça, les femmes dans le bonheur ? Elles peuvent écraser dans une étreinte ? La veuve n'était pas comme ça, c'était moi qui la tenais.

Anna plongea son visage entre mon épaule et mon cou, elle y passait ses lèvres et ses dents, me transmettant une chaleur, humide, brûlante, dans mon nez je sentis le sang mêlé à la cannelle de ses cheveux marron glacé. Plus elle s'enfonçait dans mon cou et plus je capitulais. Je ne pensais même plus que je respirais mal. Mon sexe enfla. Je tendais le cou pour lui faire plus d'espace en moi. Pendant un temps que je ne sais compter, elle fut la plante grimpante qui enveloppait un balcon. Nos sexes étaient séparés par sa robe et s'emboîtaient. Le sien perdit sa retenue, elle me serra dans ses bras, ils craquèrent, elle souffla de petits râles brefs jusqu'à une morsure qui chassa la douleur de mon nez pour la faire courir sur mon cou. Puis elle me lécha à cet endroit.

« Je t'ai fait mal ?

— Non.

— Tu as peur ?

— Oui.

— De moi ?

— Oui, et aucun courage ne sera aussi beau que cette peur. »

Anna souleva la tête de mon cou, sa bouche était barbouillée de rouge. La flamme de la bougie colora son front d'une lueur de crépuscule. Les mèches de ses cheveux étaient de longs nuages de traîne. Elle me regarda, les paupières grandes ouvertes, et descendit avec ses lèvres de sang sur les miennes. Elle poussa sa bouche dans la mienne, au point que je la sentis dans ma gorge. Mon sexe était un morceau de bois collé à son ventre. Elle relâcha la poussée de son baiser, se détacha, s'écarta sur le côté, me retourna et je fus sur elle. Elle retira ses bras de mes épaules, guida mes mains sur ses seins. Elle écarta les jambes, releva sa robe et, tenant mes hanches soulevées, elle poussa mon sexe contre l'ouverture du sien. J'étais une chose à elle qu'elle manœuvrait. Nos sexes prêts, immobiles dans l'attente, se touchaient à peine, danseurs tendus sur les pointes. Nous sommes restés ainsi. Anna regardait plus bas, vers eux. Elle appuya sur mes hanches, un ordre qui me poussait à l'intérieur. J'entrai. Non seulement mon sexe, mais moi-même entrai en elle, dans ses entrailles, dans son obscurité, les yeux grands ouverts sans rien voir. Tout mon corps était descendu vers mon sexe. J'entrai avec sa poussée et je restai immobile. Tandis que je m'habituais au calme, au battement du sang entre mes oreilles et mon nez, elle me poussa un peu à l'extérieur et puis de nouveau dedans. Elle le fit et le refit, elle me tenait solidement et me déplaçait à un rythme de ressac. Elle agita ses seins sous mes mains, accéléra ses poussées. J'entrais jusqu'à l'aine et je sortais presque entièrement, mon corps était un engrenage tout à elle. Elle ne respirait pas, ses yeux ouverts voyaient loin.

« Anna », appelais-je sous ses manœuvres enchaînées.

« Oui, oui », de ses lèvres sortaient les syllabes parfaites. Je l'appelais pour la laisser respirer, je l'appelais pour entendre : « Oui. » Son oui m'appelait et j'allais le dire moi aussi lorsque arriva une poussée qui m'enfonça en elle sans retour en arrière. Elle détacha les mains de mes hanches et sortit de mon sexe tout le oui qui avait couru en elle. Mon oui d'épuisement et d'adieu, de bienvenue, le oui de marionnette qui s'avachit sans la main qui tient ses fils. Je glissai sur le côté et je vis le lit taché de sang.

« C'est le nôtre, c'est l'encre de notre pacte. Tu as mis en moi ton initiale, que j'ai attendue, intacte. Je lui donnerai un corps et un nom.

— Anna, entre tes mains, je sais à quoi je sers : à ça. »

Elle baisa le bout de mes lèvres, y passa sa langue.

« Tu as un bon goût, je me suis retenue de te manger. » Elle ne souriait pas.

« Je peux t'embrasser, moi ?

— Non, toi tu es le pollen. Tu m'obéis à moi qui suis le vent. »

C'est ça le bonheur, se laisser prendre ? Anna se souleva et se mit sur moi.

Elle coinça mes bras entre ses jambes, les tenant immobiles. Sa main droite referma ses doigts sur ma gorge, la gauche me caressait le visage. Elle se mit à serrer.

« Tu veux mourir pour moi ? Tu veux mourir pour Anna la folle ? »

Cloué sous elle, je parvins à faire oui de la tête. Elle continua à me caresser et à serrer.

« Tu veux mourir pour moi, sous moi ? »

Je n'avais que mes yeux pour répondre oui. Je ne respirais pas et ne me défendais pas. Elle serra encore, je fermai les yeux et je vis tout blanc.

Je me réveillai dans le noir, la bougie éteinte, Anna disparue. Je cherchai mes vêtements à tâtons, je m'habillai et remontai l'escalier à quatre pattes. La lumière allumée fut une claque pour mes yeux, je vis l'heure, neuf heures du soir. Don Gaetano n'était pas rentré. J'allai dans mon réduit, je me lavai. Tout mon corps était enduit de rouge. Mon nez était une douleur secondaire, la gorge me brûlait à l'endroit où elle avait été serrée. Je bus une gorgée d'eau qui ne put passer.

Je l'avalai à la petite cuillère. Je m'allongeai sur mon lit. Il était arrivé, le jour du bonheur, le plus terrible de ma courte vie.

Le matin suivant, je manquai l'école. Impossible de sortir du lit. Je cessai de faire l'inventaire des parties douloureuses, celles qui étaient indemnes étaient plus faciles à compter. Mon nez était de nouveau bouché et je le laissai ainsi. Je ne voulais pas sentir d'odeurs, je ne voulais pas sentir.

Don Gaetano, qui ne m'avait pas vu sortir, passa me voir. Je couvris mon cou d'un mouchoir. Il entra et dit qu'il m'apporterait quelque chose à manger à midi.

« Ne vous dérangez pas, je viendrai, moi, ce n'est qu'un peu de faiblesse. » C'était la faiblesse qui pousse à se coucher pour reprendre des forces. J'avais lu un livre d'alpinisme, parmi les livres d'occasion de don Raimondo. Il parlait de l'épuisement du sommet atteint, de l'envie de dormir là, alors qu'au contraire il était urgent de descendre, pour ne pas être surpris par la nuit, loin de la tente. Moi aussi, je devais descendre du sommet du bonheur. Je ne l'imaginais pas aussi dangereux. Anna avait été une tempête et moi je souhaitais qu'elle ne s'arrête pas. Je ne voulais pas le retour au beau temps. Que m'importait de m'abriter d'elle ? Elle était partie, elle était allée plus loin décharger sa violente énergie. Le jour après le bonheur, j'étais un alpiniste qui titubait dans la descente.

J'étais fou moi aussi ou bien était-ce ça le nom imprononçable de l'amour ? Quand on le disait au cinéma, on le galvaudait. Et pourtant, les acteurs étaient des spécialistes, ils avaient étudié à l'académie, ils s'étaient entraînés devant un miroir et s'étaient produits devant un jury et un public pour dire enfin : je t'aime.

Mais celui qui était écrit sur les murs et l'écorce des arbres était bien mieux. Il avait plus de chance d'arriver. Le dire, c'était en revanche un crachat qui tombait sur les pieds. Le dire, c'était le galvauder. Jusqu'à la scène précédente, l'amour se montrait masqué derrière des gestes embarrassés, dans la crampe d'un muscle facial. Mais à peine déclaré, il en sortait trahi, dénoncé par la formule qui devait le proclamer. Tous les « je t'aime » étaient un échec au cinéma. Personne ne savait le dire. Il était encore plus impossible pour moi, analphabète de sentiments, de rôder autour du mot amour. J'étais seulement prêt à n'être qu'à Anna, le corps de service d'un de ses actes d'urgence. Je ne voulais pas descendre du sommet atteint, je voulais rester là-haut, et flotter comme un petit drapeau.

Cette pensée me donna de l'énergie. Je me levai du lit, j'ouvris un livre et j'étudiai. À midi, j'allai chez don Gaetano. Il avait mis des légumes à cuire. « J'en ai mis dix. » Dehors, l'automne fouettait les fenêtres. « Le vent du sud-ouest dure trois jours. Il empêche les navires de partir. Les hommes qui sont déjà en mer sont ballottés, et ceux qui sont sur une île s'en balancent. »

L'air salé arrivait dans les ruelles, la ville prenait un goût de mer. Les vagues sautaient la digue des rochers et balayaient le bord de mer.

Après déjeuner, nous sommes sortis à la rencontre de l'air vierge qui ne connaissait pas la terre. L'oxygène fouettait la crête des vagues. Mon nez malmené par le libeccio se déboucha. Les manteaux de ceux qui en possédaient un claquaient, ceux qui étaient sortis avec un chapeau le retenaient d'une main. Nous avons marché du port jusqu'à Mergellina. Nous ne parlions presque pas, le vent nous volait nos paroles.

Le vent, *'o vient'*, en dialecte, était plus rapide et plus voyou. Je marchais en répétant *'o vient'* comme je l'avais fait la veille avec le nom d'Anna. Dans le golfe flottait un porte-avions américain gris clair, c'était une rue vide tronquée à la poupe et à la proue. Il n'avait rien à voir avec le reste du golfe et des navires à l'ancre, il n'avait rien à voir avec le bubon volcanique et avec la côte qui pointait de la mer comme un dos de baleine. Le pont du porte-avions était une rue déserte, face à la ville pleine à craquer.

Avec toute la force qu'il déployait, le vent me faisait l'effet d'un massage, après Anna. Le ciel était hérissé de nuages en bataille, un jet de lumière sortait brusquement et éblouissait l'écume des vagues. La vraie couleur de la mer n'est pas bleue, mais blanche. Il fallait qu'elle frappe contre la digue pour qu'on la voie sortir. De l'intérieur, la nature doit être blanche, nous en revanche nous sommes rouges de l'intérieur. La mer, le ciel et même le feu ont un blanc secret, celui que j'avais vu sous les doigts d'Anna serrés sur ma gorge.

À Mergellina, nous sommes entrés dans un

bar et don Gaetano a voulu m'offrir un café. Nous avions marché une heure contre le vent, nos visages étaient briqués, nos oreilles étourdies. Le liquide bouillant réchauffait nos doigts, juste ce qu'il fallait pour les sens réunis autour de la tasse. Appuyés au comptoir, nous goûtions le café du bout des lèvres, deux frelons suspendus à une fleur.

« Elle n'est pas pour toi. » Le bourdonnement du bar et de la machine à café qui soufflait de la vapeur me troubla, je ne compris pas tout de suite qu'il me parlait.

« La jeune fille n'est pas pour toi.

— Vous me l'avez dit et je vous donne raison. » Je posai ma tasse. « Je ne peux me mesurer à elle. Maintenant je suis quelqu'un dont elle a besoin. Pour faire quoi, je l'ignore. Mais je souhaite servir à quelque chose. Anna possède une force à laquelle on ne peut résister. »

Don Gaetano regardait dehors, du côté de la mer.

« Les nez cassés se réparent, mais le sang ne revient pas en arrière. Celui qui sort est perdu.

— Que m'importe le mien ? Je le conserve pour quoi faire ? Si elle me le demande, il est à elle. »

Don Gaetano se tourna de nouveau vers le comptoir et but la dernière gorgée de café.

« Avec ton sang, tu peux faire ce que tu veux, avec le sang d'un autre, non. »

Je ne comprenais pas et je ne pouvais pas demander. Dehors, le vent détachait le blanc de la mer et le répandait par terre. C'était un lancer de riz sur des mariés.

Nous sommes sortis, au retour le vent nous prenait par-derrière, il nous attrapait par la peau du cou, nous donnait des coups de pied. Une vague plus grosse nous gicla dessus et, de joie, je fis quelques pas en courant. Don Gaetano arrangeait son béret mouillé sur sa tête. Nous étions seuls, *'o vient'* avait enfermé la ville dans les maisons. Je me l'imaginai abandonnée, les gens partis en laissant les portes ouvertes et les casseroles sur le feu. Je pouvais entrer dans tous les immeubles, m'asseoir sur la chaise de l'évêque et du maire, habiter au palais royal, monter sur les bateaux. Même les Américains avaient disparu, laissant le porte-avions vide au milieu du golfe. Cette pensée me chatouillait le nez. Elle dura jusqu'au moment où je les vis venir à contrevent en face de nous. Ils couraient en groupe, en maillots, shorts et chaussures de gymnastique. Nous emmitouflés et eux à moitié nus : les habitants avaient disparu, les Martiens avaient débarqué. Don Gaetano et moi regardâmes nos pieds pour voir si nous étions bien sur terre. Courir pour nous était un verbe sérieux.

Chez nous, on se mettait à courir pour échapper à un tremblement de terre, à un bombardement. Courir sans être poursuivi n'avait pas de sens, comme faire bouillir de l'eau sans avoir de pâtes. Ils passèrent devant nous, concentrés dans leurs mouvements, soufflant à contrevent.

« Ils ne peuvent pas être vrais, don Gaetano, c'est une hallucination due au café bouillant.

— Ils existent bien pourtant. C'est le dernier peuple inventé par le monde, le dernier arrivé. Ils savent faire la guerre et les autos. C'est un peuple de grands enfants. Si tu leur demandes où ils se trouvent, ils répondent : loin de chez nous. Ils existent. Pour eux, c'est nous les inexistants. Nous nous croisons, ils passent devant nous et ne nous voient pas. Ils vivent ici et ne voient même pas le volcan. J'ai lu dans le journal qu'un marin américain est tombé dans la bouche du Vésuve. Rien de bizarre, il ne l'a pas vu. »

En quittant le bord de mer, nous retrouvâmes dans les ruelles notre foule, dense et titubante. Les vieux avançaient hésitants, à la recherche d'un appui, les enfants ouvraient les bras pour se laisser porter par les coups de vent. Pas de linge étendu, retiré pour ne pas être emporté par les rafales. Sans les draps suspendus, on voyait en haut le ciel moucheté de nuages gonflés qui sentaient les bons raviolis frits.

« Tu as faim ? » demanda don Gaetano, en jetant un coup d'œil vers le haut.

Il avait entendu ma pensée sur les nuages.

« C'est leur faute, ils sont frits à point. »

C'était jour de convalescence après le bonheur. Don Gaetano et *'o vient'* s'étaient chargés de m'aider à digérer le dimanche. Ils y parvenaient. J'ai appris ainsi qu'on oublie le bonheur le jour après. Je ne pensais pas à Anna. Les meurtrissures de mon corps suffisaient à attester le passage en rase-mottes du bonheur.

À la loge, nous avons trouvé La Capa qui voulait demander un renseignement à don Gaetano.

« Vous qui avez étudié au cimetière.

— Au séminaire.

— Vous le savez, vous qui avez étudié là, qu'à Rome il y a les cacatombes ? »

La sortie de La Capa nous déconcerta. Je me dirigeai en courant vers les toilettes, don Gaetano accusa le coup, mais resta imperturbable.

« J'y suis allé avec ma femme et la petite. Il y a très longtemps, les chrétiens étaient obligés de se cacher là. Mais, don Gaetano, moi je dis qu'il fallait bien qu'ils se cachent, ces chrétiens saints et mastics…

— Mastics ?

— Eh ! Ceux qui étaient mastiqués par les lions.

— Les martyrs ?

— C'est ça. Je dis que c'est bien pour des chrétiens saints et marinés.

— Les voilà en marinade, maintenant ! Mais enfin, ce sont des martyrs.

— D'accord, mais pourquoi vont-ils faire caca dans les tombes ? Moi, j'y ai amené ma famille.

— Ça sentait mauvais ?

— Non, en fait non. Ma femme est une ignorante, passez-moi l'expression, et elle n'a rien

102

compris, mais moi je me suis senti gêné et honteux.

— Ils ont dû installer des sanitaires.

— Sûrement, mais je dis que ce n'est pas un bel endroit à montrer, ces cacatombes des chrétiens.

— Avec tout ce qu'il y a à voir à Rome, il fallait que vous alliez justement là ?

— On nous y a amenés en car.

— L'excursion s'est arrêtée là ?

— Mais non, nous sommes allés à Saint-Pierre et nous avons vu toute la cotonnade.

— À Saint-Pierre, on a mis un magasin de tissu ?

— Mais non, il y avait un tas de rangées de coton, l'une à côté de l'autre.

— Des colonnes ?

— Voilà. Elles étaient belles, blanches comme des chaussures passées au blanc. Bref, je suis descendu pour que vous me disiez, vous qui êtes allé là où vous êtes allé, étudier dans ce cimetière, si on vous a appris ce qu'étaient les cacatombes à Rome.

— C'est vous qui me l'apprenez. » Et c'est ainsi, tout étonné, que s'en est allé le cordonnier La Capa, de retour de son excursion à Rome.

« Don Gaetano, vous êtes vraiment fort pour ne pas rire devant La Capa, vous êtes un héros.

— Au contraire, il me fait peur. Celui-là, s'il s'aperçoit que tu te moques de lui, il te brise les os. Fais attention à ne pas pouffer de rire devant lui, je ne pourrais pas te défendre.

— C'est pour ça que je m'éclipse quand il se présente, mais j'écoute tout, je me mets un chiffon sur la bouche et j'écoute. »

Nous avons joué à la scopa, nous avons fini la soupe et j'ai même bu tout un verre de vin d'Ischia. Don Gaetano me traitait différemment, il ne m'avait pas appelé « mon garçon » de toute la journée. Après dîner, il s'est remis à parler de la guerre : « Nous étions habitués à entendre les sornettes de la radio, des journaux : la patrie, l'héroïque défense des frontières, l'empire. Nous avions l'empire, le pain et le café manquaient, mais nous avions l'empire.

« À l'arrivée des Américains, cette même radio et ces mêmes journaux passèrent de l'autre côté. D'un jour à l'autre, l'ennemi était devenu le libérateur. Le même journal, les articles signés par les mêmes journalistes écrivaient le contraire. On avait l'impression de le lire à l'envers. Les Turcs étaient devenus chrétiens, personne n'était fasciste, ni ne l'avait été. Leur loi était de conserver leur place. Mais il y avait tant d'autres nouveautés que celle-ci n'était qu'une bricole. Le pain blanc était arrivé, les Américains avaient distribué la farine dans les boulangeries, elle manquait depuis des années. Et avec le blanc du pain la couleur foncée des Noirs, on n'en avait jamais vu en ville. Dans la rue, les vieilles faisaient le signe de croix à tout bout de champ. »

Les histoires de don Gaetano m'ouvraient les oreilles. Sa voix métallique allait titiller les nerfs de mon imagination. Je pouvais ainsi goûter le pain de la première fournée de farine blanche, voir les yeux au ciel des petites vieilles médusées devant le soldat noir, feuilleter entre les doigts le papier imprimé de l'argent nouveau qui remplaçait les lires. L'écoute de don Gaetano faisait de moi un témoin secondaire de son époque. Son récit était un fifre qui entraînait à sa suite mes sens émerveillés.

« Durant ces mois-là, la ville était déchaînée. Des fêtes tous les soirs, une faim de vie, de récupérer, de faire des affaires avec l'après-guerre. Il y avait encore des bombardements, allemands cette fois-ci, ils durèrent jusqu'au printemps, mais nous n'y prêtions pas attention et nous n'allions même pas aux abris quand la sirène se mettait en marche, ce qui causait d'autres pertes. Avant de partir, les Allemands avaient laissé en ville des bombes à retardement, dont une explosa à la poste centrale quelques jours plus tard, faisant un massacre. C'était une de leurs techniques, j'ai appris qu'ils l'ont fait aussi ailleurs. Ils ne savaient pas perdre.

« Je servais de gardien dans un dépôt abandonné et encore à moitié plein.

« Un chic type était parvenu tout seul, armes à la main, à s'en emparer, évitant le pillage. Je montais la garde jour et nuit, j'avais encore les armes de l'insurrection. Je gagnais bien, mais c'était l'argent facile de l'après-guerre, qu'on appelait *am-lire*, les lires américaines. Ce sont eux qui les imprimaient, mais en ville les imprimeurs savaient déjà faire mieux. C'était de l'argent à dépenser, pas à conserver.

— Comment êtes-vous devenu gardien d'immeuble ici ?

— C'est grâce à ton père. »

La réponse de don Gaetano arriva à l'improviste, si forte à mes oreilles que du sang sortit de mon nez. Je portai la main à mon visage pour le couvrir et je le trouvai chaud, mouillé. Don Gaetano me conduisit à l'évier pour me rincer à l'eau froide. Je n'arrivais pas à le regarder en face. Mon père : c'était la première fois que je l'entendais nommer, même si je savais que j'en avais eu un.

« Excusez-moi, don Gaetano, je ne me sens pas bien, il vaut mieux que j'aille dormir. Je vous remercie pour cette journée. » Je sortis par besoin de rester avec mes pensées.

Au lit, je fourrai ma tête sous les couvertures. Le vent s'agitait dans la cour, comme un chien à la chaîne. J'avais bien eu un père, don Gaetano l'avait connu. Pourquoi n'avais-je pas voulu écouter ? Pourquoi avais-je envie de pleurer ? Au troisième pourquoi, je m'endormis. Pas un rêve, je passe mes nuits dans un sous-marin où les rêves ne descendent pas. Les rêves sont des poissons de surface. Je me suis réveillé à temps pour l'école. J'étais meurtri même là où la veille tout allait bien. Mon nez et les capillaires tout autour étaient violets. Je saluai don Gaetano, il me dit qu'il m'attendait pour déjeuner.

À l'école, mon absence de la veille fut justifiée par mon visage.

Les blessures visibles donnent droit à une certaine respectabilité. Je l'avais obtenue dans l'exercice de mon devoir.

Je commençai à regarder les adultes avec l'idée bizarre que l'un d'eux pouvait être mon père. Je ne pensais pas à ma mère, don Gaetano ne l'avait pas évoquée, elle continuait donc à ne pas exister. La veille encore, mon père n'était pas là, mais à peine nommé il se montrait derrière les visages de la rue, de l'école. Beaucoup étaient drôles, certains étaient possibles, je me rendais compte pour la première fois que je pouvais ressembler à quelqu'un. J'allais éclaircir l'histoire au déjeuner.

Quelque part dans ma tête devait exister le doute que don Gaetano était mon père. Maintenant, je savais que non et cette nouvelle retirait quelque chose sans le remplacer. Anna, la cachette, le lit étaient loin. Si don Gaetano avait l'intention de les chasser de mes pensées, il avait réussi. Et puis, rien de ce bonheur ne dépendait de moi, je ne pouvais rien pour l'avoir de nouveau. Si Anna revenait, elle me trouverait prêt, sinon le bonheur était arrivé à son terme. Le nerf de l'attente ne se chargeait pas dans le corps. On voit qu'il s'échauffe quand on ne sait pas quoi attendre.

À ce moment-là, je n'avais pas de montre, le précieux cadeau que ceux de mon âge recevaient le jour de leur première communion.

Moi aussi, j'avais fait cette cérémonie, mais sans parents je ne pouvais participer ni à la fête ni au goûter. Après l'église, j'étais rentré. Sans montre, je calculais le temps par blocs. À l'école seulement, je savais l'heure. Là, avoir une montre ne servait à rien, mais tout le monde en portait. Je ne désirais pas en avoir. Je n'avais pas de désirs.

Ce qui était drôle surtout, c'était l'adjectif : mon. Rien n'était à moi dans ce monde, encore moins un père. J'étais en train d'utiliser le possessif pour la première fois. Il ne valait pas grand-chose, il servait à nommer un père qui n'avait pas été là.

Ce jour-là, en classe, je m'aperçus qu'on prononçait très souvent le mot père : de la patrie, de la physique moderne, de l'Église. Ce mot inerte la veille encore résonnait. De retour de l'école, je gardais les yeux baissés pour ne pas trébucher du regard sur les visages des pères.

La conséquence ridicule d'avoir un père c'était d'être un fils. Hier encore, je n'étais le fils de personne, une expression que j'aimais après avoir lu dans l'*Odyssée* que Personne était le nom d'Ulysse dans la caverne de Polyphème. Fils d'un faux nom, de personne : ça me plaisait. Il excluait tout le monde. Voilà que je devenais fils de quelqu'un, connu de don Gaetano, quelqu'un de la ville qui avait eu un fils au bon moment et qui peut-être ne l'avait jamais su. Quelqu'un encombrait maintenant mon passé. J'étais devenu son fils. À partir d'un père, on pouvait remonter à un grand-père et encore plus haut. Cette pensée ressemblait aux marches gravies dans le noir à tâtons, après Anna.

Les pères que je voyais étaient terribles. Les enfants recevaient d'eux des gifles et des coups de pied au vol. Des cris, des coups et des sanglots sortaient des maisons. Rien de tout cela ne m'était arrivé. Si j'étais pris de mélancolie le soir quand les mères appelaient leurs enfants dans la cour pour qu'ils remontent chez eux, je me souvenais des coups qui arrivaient jusqu'à mon réduit, et je me trouvais à égalité. Je me bouchais les oreilles, ça ne suffisait pas. Les cris de douleur des enfants passent quand même, ils se communiquent d'une peau à l'autre.

Je ne peux oublier l'un d'entre eux. Il était maigrichon comme moi, bien qu'étant mon aîné de deux ans. Son père ne se gênait pas pour le frapper même dans la cour. Lui encaissait les coups sans un cri, sans pleurer, mais il faisait un mouvement, un frémissement de non de la tête, un déclic nerveux sur son visage qui lui fermait les yeux pour résister devant nous. Je ne peux me l'enlever du crâne. Il est encore bien présent, saint par ses bleus et son sang à la bouche. Il ne se défendait pas et ne pleurait pas. Il tremblait dans son inutile héroïsme. Il mourut sous les coups de son père, qui ne fit même pas de prison. Aniello, diminutif de Gastano, vie diminuée entre toutes celles qui s'arrêtaient de bonne heure. Je suis allé à son enterrement avec don Gaetano, sa mère le pleurait sans larmes. Aniello était le goal de l'équipe adverse, nous étions les plus éloignés, nous échangions des

109

regards. Chaque fois que son père le trouvait en train de jouer dans la cour, et qu'il n'était pas d'accord, il l'attrapait par les cheveux et le bourrait de coups de pied. Une fois, je lui ai lancé une pierre. Il ne s'en est même pas aperçu. Nous ne valions rien. Si un autre l'avait lancée en visant mieux et avec plus de force, si nous avions tiré à plusieurs, nous aurions pu sauver Aniello. Son visage crispé pour ne pas pleurer sous les coups me faisait monter les larmes aux yeux. Je les essuyais du revers de la main pour faire croire que c'était de la sueur. Le jeu sans Aniello reprenait, en silence pendant un moment.

Don Gaetano avait préparé un « pâtespatates », à peine tiède, mon plat préféré.

« Il faut m'excuser d'être parti hier soir. »

Des gens passaient devant la loge, don Gaetano saluait et, par politesse, il disait : « Merci à vous. » Entre deux « merci à vous », il me mit au courant de l'histoire qui m'avait précédé. Mon père était militaire de carrière. Il avait quarante ans au début de la guerre. Il avait épousé ma mère, de quinze ans plus jeune que lui, avant de partir pour l'Afrique. Il était revenu en permission, juste à temps pour se trouver en civil le jour de l'armistice, le 8 septembre 1943, quand l'Italie s'était rendue et que le roi s'était enfui. Mon père s'était caché, puis il avait pris part à l'insurrection. Il avait connu don Gaetano pendant les jours de combat en ville. Mon père avait réussi à s'emparer du dépôt allemand, seul contre la foule qui voulait le piller. Il s'était placé devant, en uniforme, armé de deux pistolets, un dans chaque main. La foule était partie en quête d'une occasion plus facile. Puis il avait mis de garde don Gaetano. Ils étaient devenus amis, mais ils se vouvoyaient.

L'après-guerre avait été un abordage. Les hommes se démenaient pour faire de l'argent et les femmes se déchaînaient avec les Américains.

« Les filles de Naples ont perdu la tête et le reste aussi. Chaque maison hébergeait un Américain. Ils apportaient l'abondance, les affaires, le travail. Les filles allaient à leurs fêtes au Rest Camp. Elles étaient devenues plus belles et plus effrontées. Faute de moyens de transport, elles demandaient à monter dans les jeeps. Elles se faisaient conduire et tombaient amoureuses. On assistait à des crimes de jalousie. Un mari savait que sa femme allait avec les Américains mais il se taisait, parce que ça l'arrangeait. Il allait même jusqu'à l'accompagner. Mais un jour, sa femme dit qu'elle prenait goût à sortir avec eux et alors son mari devint fou de jalousie. Il la tua elle, sa belle-mère, sa belle-sœur et son mari, quatre d'un coup, à Piedigrotta.

« Naples s'était consumée de larmes de guerre, elle se défoulait avec les Américains, c'était carnaval tous les jours. C'est à ce moment-là que j'ai compris la ville : monarchie et anarchie. Elle voulait un roi, mais pas de gouvernement. C'était une ville espagnole. L'Espagne a toujours connu la monarchie, mais aussi le plus fort mouvement anarchiste. Naples est espagnole, elle se trouve en Italie par erreur.

« Tu venais de naître quand ta mère est tombée amoureuse d'un officier américain.

« Ton père l'a su. Il est venu me voir alors que j'étais déjà gardien ici.

« C'est lui qui m'avait trouvé ce travail, dans son immeuble, après avoir vendu aux Américains le reste du dépôt allemand. Il est venu me voir un matin et m'a dit seulement : "Don Gaetano, occupez-vous de l'enfant." Il est monté chez lui et a tiré sur ta mère. Le soir même il s'est embarqué pour l'Amérique et je n'ai plus eu de ses nouvelles. Il s'appelait...

— Ne me le dites pas, don Gaetano, ne me mettez pas dans la tête un nom qui ne s'effacera plus. Je n'en ai rien à faire, je ne peux pas le porter, mon nom est celui de la femme qui m'a adopté.

— Les premiers temps, c'est moi qui t'ai gardé.

— Pourquoi faut-il que j'apprenne cette histoire aujourd'hui, plutôt qu'hier ou jamais ?

— Parce que tu dois la connaître. Hier, tu as eu dix-huit ans. »

Et voilà : l'anniversaire, un autre jour bon pour les autres, comme Noël et Pâques. Mais Noël et Pâques, je sais quand ils arrivent, c'est écrit sur les devantures des magasins. Mon anniversaire, je sais qu'il est en novembre. « Quand ma mère est morte, c'était quel jour ? Vous vous en souvenez ?

— Non, le jour non, c'était au printemps, c'était en mai. »

Je restai songeur sur le pâtespatates. Il existait un endroit où elle était enterrée. Je me voyais y aller avec des fleurs. Non. Je suis un étranger, je ne connais même pas son nom, il faudrait que je le demande. Non, elle est partie elle aussi. Ils habitaient dans cet immeuble, je ne veux pas savoir où. Je revins du tour de mes pensées.

« Don Gaetano, votre pâtespatates n'a pas son pareil.

— Je suis content de voir que tu as de l'appétit, reprends-en, il en reste. »

La veuve passa avec une robe claire. Elle allait s'adresser à moi, elle vit mon visage gonflé et passa à don Gaetano pour lui demander de monter.

« À votre service », répondit-il. Il ne l'espérait plus.

« Tu t'occupes de débarrasser ? Laisse les assiettes dans l'évier, je les laverai après. Et reste à la loge jusqu'à ce que je revienne.

— Ne craignez rien. »

Fils de : adieu Personne, adieu faux papiers d'Ulysse. On m'avait coincé entre un père assassin et une mère infidèle, entre celui qui s'enfuyait outre-mer et celle qui descendait sous terre. Je devais forcément leur ressembler. Je n'étais pas libre de ne ressembler à personne. Tout le reste du monde ne pouvait plus me servir d'origine. Était-ce à cause de ma mère que je ne m'étais pas défendu quand Anna m'avait serré la gorge ? Était-ce son empressement à mourir par amour ? Je débarrassais la table et je ruminais.

Qu'avais-je de mon père ? Pas la jalousie, ni pour la veuve qui avait besoin d'étreintes, ni pour Anna qui n'était pas pour moi. Je n'avais pas non plus l'esprit militaire, les garçons en uniforme de l'académie étaient pour moi des condamnés.

Je faisais défiler des images pour éprouver de la jalousie : Anna écrit à son fiancé, elle va le voir en prison, ils s'embrassent, qui sait si on peut s'embrasser en prison. Rien, aucun nerf ne bougeait. Comment pouvais-je être jaloux ? Elle avait fait avec moi cette chose du bonheur alors que son fiancé était enfermé. C'était à lui que revenait la jalousie. Mon cher père, je n'ai rien pris de toi. C'est de don Gaetano que je prends, de toute façon vous étiez amis. Je prends de lui tous les jours. Il m'enseigne les métiers, il me raconte l'histoire, sans raison précise, à ta place. Mon cher père, on frappe au carreau, je vais voir qui c'est. Que je ne te trouve pas dans mes pensées quand je reviendrai.

Je m'essuyai les mains, j'allai voir, c'était Anna. Elle dit : « À dimanche », et disparut. Je restai hébété. Je m'assis à la place de don Gaetano pour regarder la vitre vide. Un frisson remonta de mon coccyx, qu'on appelle ici *osso pezzillo*, l'os qui pointe, jusqu'à ma nuque. Un locataire passa, me demanda son courrier, je me trompai en le lui remettant, je m'en aperçus et courus derrière lui dans l'escalier avec le sien.

Puis passa le marchand de primeurs avec les courses de la dame du dernier étage et il cria comme d'habitude dans la cour pour qu'elle descende son panier.

« Madame Sanfelice ! Descendez le panier, madame Sanfelice ! »

Puis il s'adresse à moi : « Elle n'entend rien, il faut qu'elle s'achète un appareil pour les oreilles.

— Acoustique, lui dis-je, pour dire quelque chose et ne pas le laisser parler tout seul.

— Oui, un appareil artistique. Madame Sanfe-lice ! »

Au troisième appel, la dame finit par entendre ou quelqu'un est allé frapper à sa porte pour lui dire de descendre son panier.

« *Nu mumèe.* » Mme Sanfelice a le *e* de moment très long.

Dans sa bouche, le moment, *mumèe*, part bien mais n'arrive pas. Don Gaetano dit qu'elle a une voix de clairon à réveiller les âmes du purga-toire.

« Descendez le panier.

— *Nu mumèe.* Un mo…

— Ment. » C'est moi qui l'ajoute, pour le faire arriver.

« Le panier, crie le marchand de légumes d'une voix rauque.

— *Mo'* », entend-on descendre de la fenêtre ouverte. La voix de la dame a perdu tout le ment de moment, seul le mo arrive en bas.

Le marchand s'impatiente et appelle une autre fois.

Tandis qu'il attend, il dit : « Elle ne trouve pas le panier. Mais pourquoi elle ne le met pas près de la fenêtre ? »

La voisine d'en face crie à Mme Sanfelice de regarder sous l'évier.

La voix de clairon répond à tue-tête : « Il n'y est pas.

— Regardez derrière le poêle.

— Il n'y est pas, c'est Cuncettina qui l'a changé de place. Celle-là, elle range et les choses disparaissent.

— Madame Sanfeliceee ! » reprend le marchand d'une voix étranglée avec laquelle il voudrait l'étrangler.

Toujours pareil : « *Nu mumèe.* Un mo. »

J'ajoute « ment ».

Finalement, le cri libératoire éclate dans la cour : « Elle l'a trouvé, elle l'a trouvé.

— Que votre volonté soit faite », commente une voix à une fenêtre qui se referme, suivie de la fermeture d'autres fenêtres impliquées.

« À dimanche » : je l'ai vue ou était-ce une vision ? Bon, j'ai des visions maintenant, sainte Anna m'apparaît. Je viens d'avoir dix-huit ans, je ne vais pas me mettre à avoir des visions. Elle est vraiment venue. Elle ne pouvait pas s'arrêter un moment ? Non, un moment non, sinon je fais comme Mme Sanfelice : *Nu mumèe.* C'était Anna, une autre fois derrière une vitre. Je n'ai même pas senti son odeur. Et sa voix non plus :

116

j'ai compris le mot dimanche au mouvement de sa bouche. J'ai dû avoir l'air d'un abruti.

J'allai voir dans la glace le visage qu'avait vu Anna. Des yeux écarquillés, une bouche entrouverte, une mandibule mal fixée : c'était bien le portrait de l'abruti. J'avais l'air du ravi de la crèche.

Don Gaetano rentra. « Je vous prépare un café.

— Non, je l'ai déjà pris chez la veuve. » Il était tout ragaillardi.

« Tu ressembles à ton père. Tu es maigre, les os saillants comme lui, mais lui c'était une pelote de nerfs, des étincelles jaillissaient de ses os. Son corps faisait une dynamo avec l'air. Tu lui ressembles, mais en plus calme.

« Le châssis est le même, mais avec toi le moteur s'est amélioré. »

Il répondait à mes pensées, il les entendait toutes.

« Don Gaetano, depuis que vous m'avez parlé de lui hier, j'ai perdu ma sérénité. Petit, j'imaginais que j'étais un bout de cet immeuble, mon père était le corps du bâtiment, ma mère la cour. Je fouillais dans tous les coins, pour mieux les connaître. C'était une version qui me tenait compagnie et faisait de la nuit mon amie. Depuis hier, je cherche à qui je dois forcément ressembler. »

Don Gaetano m'écoutait tout en finissant le ménage, interrompu au passage des locataires. Nous avions l'habitude et nous reprenions là où nous nous étions arrêtés.

« Maintenant, j'ai cessé d'être un morceau de cet immeuble, dont on voit qu'il manque quand on le retire. Je suis comme les autres, un fils qui doit ressembler à deux personnes. Je ne veux pas être un fils, je veux rester un morceau.

« Sans vous offenser, je crois que je vous ressemble. Non pas par héritage, mais par imitation, je fais ce que vous m'apprenez et ainsi je me rapproche. »

Don Gaetano me passa le travail qu'il était en train de faire. Il montait en parallèle les fils électriques d'un éclairage de Noël qu'on suspendrait à la porte d'entrée.

Je m'assis pour continuer. Par-derrière, il posa une main sur mon épaule.

« Tu es un homme, tu dois savoir ce qui te concerne. Tu ne me ressembles pas, j'ai grandi sans parents, mais si quelqu'un m'avait parlé d'eux, je les aurais cherchés sur terre et sur mer. »

Il sortit de sa poche un paquet, long et étroit, enveloppé dans du papier journal.

« C'est pour toi, ouvre-le.

— Un cadeau, don Gaetano ? Un cadeau pour moi ? »

C'était la première fois qu'on m'offrait un cadeau. J'avais toujours les fils des éclairages dans les mains.

« Ouvre-le. »

Je laissai mon travail, je touchai le paquet, je compris ce que c'était. Je déglutis sans salive. Je l'ouvris et je serrai le manche en os d'un couteau. Don Gaetano le prit et passa la lame sur les poils de son poignet pour montrer son tranchant de rasoir. Il replia la lame pour la faire rentrer dans le manche.

Il me le rendit et me demanda de l'ouvrir. La lame sortit facilement sans effort. Elle était pointue.

« Tu dois le garder sur toi, il doit rester avec toi. Il doit être pour toi comme un slip, sans lequel tu es tout nu. Ferme-le maintenant et mets-le dans ta poche, il y a des locataires qui passent.

— C'est un cadeau important, je vous revaudrai ça, c'est sûr.

— Tu le feras, mais pas avec moi. Le moment venu, tu offriras un couteau à un jeune garçon et ainsi tu seras quitte. Mon premier couteau m'a été donné par un matelot qui l'avait laissé par terre après une bagarre. Je l'ai ramassé, je le lui ai rendu, il me l'a laissé. »

En ville, tout le monde avait un couteau dans la poche. Je le savais, mais je n'avais jamais désiré en avoir un moi aussi. Maintenant qu'il était dans ma poche, il était évident que c'était sa place. Parce que j'étais quelqu'un de la ville, non pas parce que j'étais un homme. Mon passage de jeune garçon à après, ce sont les autres qui le voyaient. Pour moi, j'étais resté le même, entortillé dans mes pensées, apprenti de tout.

« Tu ne t'en serviras pas pour couper du pain ou te nettoyer les ongles. Tu t'en serviras pour te défendre. Quand tu te trouveras le dos au mur, sans pouvoir reculer même s'il y a de l'espace, alors tu l'empoigneras, en le tenant comme ça, assez bas, au milieu des jambes. »

Il me montra la position.

« Et tu regarderas droit dans les pupilles l'adversaire venu te barrer la route. Tu ne quitteras pas des yeux ses pupilles. »

Don Gaetano vit que je le regardais droit dans les yeux.

« Ça n'arrivera pas, mais c'est à ça qu'il doit servir, seulement à ça. C'est une assurance sur la vie. »

Je fis oui de la tête et je retournai à mes fils.

Le petit vieux qui vivait dans un *basso* du début de la ruelle arriva. Il frappa à la vitre, don Gaetano le fit entrer. Il était misérablement vêtu, une veste rapiécée et un béret décoloré. Il l'enleva respectueusement et dit à don Gaetano que sa femme était au lit depuis trois jours.

« Je ne peux pas appeler le médecin, je n'ai pas d'argent. Si votre garçon pouvait venir, lui qui étudie dans les livres. »

Don Gaetano me regarda.

« J'étudie le latin, pas la médecine.

— Vous étudiez de toute façon et vous en savez plus que nous qui ne sommes pas allés à l'école. »

Pas moyen de faire autrement, j'allai avec lui, qui ne cessait de remercier.

J'entrai chez eux dans l'odeur de la misère, acide et enfumée. Sur un banc, trois femmes marmonnaient leur chapelet. La petite vieille était allongée sur un lit de camp et remuait mécaniquement les lèvres, les yeux fermés. Je touchai son front, il était brûlant de fièvre. Je soulevai le drap, il se dégagea une odeur de plaies, un début d'ulcère aux talons.

« Des escarres à panser tout de suite », dis-je à voix basse.

Derrière moi, une des trois femmes demanda ce que j'avais dit.

« À payer tout de suite.

— *Mamma mia*, fit l'une d'elles en réponse.

— Mon garçon, on vous paiera dans huit jours.

— Ce n'est pas un pizzaiolo, pour qu'on le paie dans huit jours. »

Je dis au petit vieux qu'il fallait des bandes et de la pommade. J'allai à la pharmacie. J'étais content d'avoir un peu d'argent en poche. J'achetai tout le nécessaire, sur les conseils du pharmacien, et aussi des cachets contre la fièvre. Je revins et je soignai les escarres, qui en étaient au début. Ce fut plus difficile pour le cachet, elle n'en avait jamais pris. J'allai chez le boulanger qui me donna une tranche de pain, je fis une boulette avec la mie et je plaçai la pilule à l'intérieur, qu'elle put ainsi avaler.

Le chapelet continuait, satisfait de son intervention. Le petit vieux voulait à tout prix me baiser les mains que je retirais. Je lui dis de continuer les médicaments et je sortis.

Don Gaetano était en train de régler une dispute entre deux locataires. La première se plaignait de sa voisine du dessus dont le linge s'égouttait sur le sien quand il était presque sec. C'était une question simple, mais elles devaient hurler pour mettre tout l'immeuble au courant. Don Gaetano écoutait les deux gorges déployées, prêtes à en venir aux cheveux.

Elles avaient commencé de leurs balcons et il les avait invitées à continuer dans la loge. J'arrivai au bon moment, elles étaient déjà enrouées. Je repris ma place et me remis à monter mes fils. Les disputes, les accrochages étaient fréquents, parce que les gens vivaient les uns sur les autres. C'était dû à la friction. On parle d'accrochages parce qu'ils ont un adhésif qui se colle aux mots, les entraîne vers les mains et il faut ensuite un solvant pour séparer. Don Gaetano disait : « Les ânes se disputent et le chargement verse. » Pour les bagarres entre femmes, il utilisait un diluant magique : il offrait une tasse de café.

Elles firent la paix. Le café de don Gaetano avait des pouvoirs judiciaires, c'était la cassation. Il réglait les disputes. Pour ajouter mon grain de sel à la réussite, j'allumai les lumières de Noël. Elles s'embrassèrent et sortirent bras dessus bras dessous en se racontant leurs histoires.

« Don Gaetano, que mettez-vous dans le café pour obtenir cet effet ?

— 'A pacienza, j'y mets de la patience. C'est une racine qui pousse dans nos ruelles. Celles-ci, elles avaient besoin de se défouler, de sortir de chez elles, de quelqu'un qui les écoute. »

Les jours de la semaine défilaient, on était entré dans le mois de décembre. Le sommet du volcan était couvert de neige, la tramontane faisait de la glace par terre la nuit et du cristal dans le ciel le jour.

« *Pare 'nu cummoglio di preta turchese.* On dirait un couvercle de turquoise. » Le locataire du deuxième étage, le professeur Cotico, à la retraite, se consacrait à la poésie. Il composait, puis passait à la loge pour réciter ses vers aussitôt écrits. La tramontane l'inspirait.

« *Friddo 'a matina, che spaccava ll'ogne.* Froid le matin, qui cassait les ongles.

— Professeur, ce vers a déjà été écrit, par Ernesto Murolo, et même mis en musique.

— Est-ce possible ? Ici, on ne peut pas écrire un vers sans que quelqu'un dise : je suis arrivé le premier. Mais messieurs, la poésie n'est pas un tram où celui qui arrive le premier s'assied quand les autres restent debout. La poésie n'est pas une course où il faut arriver le premier. Chaque jour naît vierge de poésie, on se réveille et on la renouvelle.

— Eh oui ! Le premier qui se réveille réécrit *La Divine Comédie*.

— Don Gaetano, vous êtes un juge trop sévère. Écoutez cet autre vers :

> *et même à midi*
> *le froid s'acharnait*
> *sans vergogne.*

— Il est bien à vous celui-ci, professeur, personne ne vous le prendra, vous pouvez le déposer.

— À la bonne heure. »

Cet automne-là, je fis la connaissance des habitants de l'immeuble. De la loge, on les voyait passer un par un, ils prenaient ainsi une apparence. La vitre de la loge était une loupe de philatéliste. Ils étaient moins intéressants que les personnages des livres de don Raimondo, mais plus spécialisés. Chacun faisait son possible pour se distinguer des autres et ne pas disparaître au milieu de la quantité que nous étions. Les visages rivalisaient pour varier le plus possible entre eux, comme les voix, les salutations et les habitudes. Ils répondaient à une loi : soyez différents, distinguez-vous les uns des autres. Ils l'appliquaient scrupuleusement. Celui qui avait un canari sur son balcon avait un voisin qui possédait un chardonneret, alors un autre à l'étage du dessous avait un croisement dans une cage appelé *'o 'ncardellato*, un charnari. Une dame aisée avait trois chiens de taille moyenne qu'elle promenait au bout de trois laisses longues qui s'entortillaient autour de tous les obstacles de la ruelle. Le petit vieux du *basso*, celui qui était venu pour sa femme malade, mettait une chaise devant sa porte pour fumer une cigarette. Régulièrement, les chiens l'entouraient de leurs laisses et finissaient par s'ancrer autour de la chaise, le tirant et le faisant chanceler. Après avoir démêlé le tout, on entendait le commentaire de la voisine d'en face, derrière la dame qui reprenait sa descente éperdue : « Ce matin aussi Madame est sortie pour la chasse. »

Le comptable Cummoglio est un commerçant malheureux. Il vient d'une famille de fabricants de boutons, *buttunari*, ruinés par l'invention de la fermeture éclair. Avant la guerre, il s'était mis à vendre des glacières en bois, mais il avait dû fermer à cause de la concurrence des réfrigérateurs. Patiemment, il s'était lancé dans le commerce des matelas en laine, et ceux à ressorts étaient en train d'arriver.

Don Gaetano disait de lui que s'il jetait un brin de paille dans l'eau, il le verrait tomber au fond, alors que pour les autres tout flottait même le plomb. Sa femme, Mme Euterpe, avait eu des jumeaux, du même âge que moi, qui s'appelaient Oreste et Pylade, comme les frères de la mythologie grecque. Ils se ressemblaient tellement que même leurs parents ne les distinguaient pas l'un de l'autre. Ils faisaient tout pour qu'on les confonde, la même coupe de cheveux, le même nœud de cravate, si l'un se blessait, l'autre aussi se mettait un sparadrap. Ils éclataient de rire ensemble. Ils s'appliquaient soigneusement à paraître identiques, ce qui leur permettait d'échanger leur place et leur nom. Eux-mêmes devaient croire qu'ils étaient l'un et l'autre à la fois. Ils avaient mis toutes leurs forces à être doubles.

Le comptable Cummoglio avait renoncé à les

distinguer et ne les appelait pas par leurs prénoms. Il leur avait donné un surnom collectif, *I Vuie*, les Vous. Ils répondaient volontiers à ce nom-là. S'il voulait en appeler un, il disait : « Un de Vous. » Dans l'immeuble aussi, on les appelait les Vous.

Au cours de cette année scolaire, je remarquai une de leurs différences. Un des deux ne savait pas bien prononcer le *ch* napolitain du *s* devant une consonne, comme *ch*pécial, *ch*quelette, *ch*tation.

Il avait besoin de détacher, il disait *ch*-pécial. Il avait du mal avec le *ch*, mais c'était léger. L'autre feignait la même difficulté pour le couvrir.

Mais parfois il oubliait, et alors je m'en apercevais. J'avais décidé que Pylade était celui qui savait dire le *ch* et Oreste celui qui ne savait pas. Oreste en napolitain c'est *'o rest'*, le reste. Il manquait un petit reste d'égalité à Oreste.

En classe, cet automne-là, je commençai à les appeler par leur prénom sans les confondre. Ils étaient affolés à l'idée de perdre leur dualité. Ils me demandèrent en aparté comment je pouvais les distinguer. Je leur assurai que je ne dirais à personne comment, et encore moins à eux. « Vous, vous gardez le secret du nom et moi celui du comment. »

Cette repartie fit son effet.

J'étais un garçon renfermé, les secrets et les cachettes étaient en sûreté avec moi.

« Nous te croyons », me dit l'un des deux. Ils utilisaient le pronom « nous » avec naturel. Je n'avais pas l'occasion de le prononcer et j'aimais l'écouter dans leur bouche.

À partir de ce moment-là, je fus un danger pour eux. Ils m'évitaient, si je m'adressais à eux par leur prénom, aucun des deux ne répondait.

Le dimanche arriva sans attente. Et il passa, Anna ne vint pas. Je restai tout l'après-midi à la loge pour terminer un deuxième éclairage à mettre au-dessus de la vitre. Don Gaetano sortit se promener. La cour était pleine de lumières scintillantes, lustrées par le gel de la tramontane.

Le soleil tapait contre les vitres des derniers étages et faisait gicler des ricochets jusqu'à terre. Les vitres de Naples se passaient le soleil entre elles. Celles qui en avaient plus par leur position le renvoyaient vers le bas à celles qui en avaient moins. Elles étaient complices. Les maîtres verriers les montaient exprès un peu de travers, pour multiplier les surfaces réfléchissantes. En bas, dans la loge, arrivait un carambolage de lumière qui faisait dix rebonds avant de finir dans le trou où j'étais. Don Gaetano dit que c'est bon signe. Le soleil aime ceux qui vivent en bas, là où il n'arrive pas. Plus que tous, il aime les aveugles et leur fait une caresse spéciale sur les yeux. Le soleil n'aime pas les adorateurs qui se mettent à nu sous son abondance et s'en servent pour colorer leur peau. Lui veut réchauffer ceux qui n'ont pas de manteau, ceux qui claquent des dents dans les ruelles étroites. Il les appelle dehors, les fait sortir de leurs petites pièces froides et les frictionne jusqu'à ce qu'ils sourient sous sa chatouille. « C'est bon signe, il t'aime et t'envoie son salut dans ton réduit. Les vitres sont ses marches d'escalier, la lumière les descend par amour pour toi. C'est signe que le soleil te protège. »

Je n'attendis pas Anna dans la rue. Si elle frappait à la porte, je l'entendrais. Je me mis à tripoter mon couteau. Le manche était en os blond, je passai la lame sur ma joue pour en éprouver le fil. Je me souvins de la recommandation de don Gaetano, le garder pour me défendre, et pour aucun autre usage. Il ne fallait pas de familiarité avec le couteau, c'était un outil sérieux. Si on le traitait avec respect, il ferait son devoir en cas de nécessité. Si, en revanche, on plaisantait avec, en l'utilisant pour parader, il s'échapperait des mains au moment opportun.

Le couteau et les hommes du Sud ont toujours fait bon ménage.

Je ne me permettais pas d'imaginer comment m'en servir en cas de danger. J'improviserais. On ne pense pas à l'avance à un geste violent. Se jeter entre les pieds des autres pour attraper le ballon avec les mains était un geste violent. Le plongeon entre les souliers était violent, mais pas le coup de pied sur le nez. Si j'y avais pensé avant, je ne l'aurais pas fait. Il en sera de même avec le couteau, si je dois un jour me défendre, je trouverai le bon geste.

Don Gaetano est revenu et nous avons commencé à installer les éclairages. Au-dessus de la porte d'entrée et de la vitre de la loge, les petites lumières intermittentes clignaient de l'œil à la fête. Don Gaetano évitait ainsi d'être obligé de célébrer l'occasion. Il ne faisait pas de crèche.

« Ce sont ceux qui ont des enfants et qui aiment l'histoire sainte qui en font une. »

Nous n'avions pas de famille et nous n'en étions pas une.

Ceux qui avaient une position sociale profitaient de Noël pour la faire voir. À la loge, on livrait pour eux des paniers débordants de choses à manger. Ceux qui n'avaient rien s'endettaient pour faire bonne impression eux aussi. La Capa emmenait sa famille au théâtre en taxi. Puis il venait nous raconter. Sa femme, un tonneau, sortait en robe de soirée, mais elle restait un tonneau, enveloppée d'un rideau, un abat-jour sur la tête. Elle appelait le chauffeur de taxi « chofè ». La Capa se sentait à la fois humilié et fier, ainsi tenait-il au courant don Gaetano.

« L'autre soir au San Carlo, on donnait "Faisletas".

— Fais le tas de quoi ? Fais le tas de bois ?

— Don Gaetano, l'opéra "Faisletas".

— Mais quel Fais le tas ? Fais le tas d'or ?

— Non monsieur, "Faisletas" et c'est tout.

— Mais pourquoi ? Il ne voulait pas le faire ? »

Don Gaetano craignait La Capa, mais il ne le ratait jamais. La Capa n'arrivait pas à dire « Falstaff ».

« Don Gaetano, ça m'étonne de vous qui avez étudié que vous ne connaissiez pas l'opéra du maestro Ver…, Ver… comment s'appelait-il ?

— Verni ?

— Je n'arrive pas à me souvenir du nom de ce grand musicien, Ver… Ver…

— Vertige.

— Mais non, ce n'est pas vertige, bref, il y avait toute la crème de la société, le préfet de région, le préfet de police, le maire avec toute la corbeille municipale.

— Ah, il était donc bien fleuri ?

— Comment ça ?

— Avec la corbeille.

— Quelle corbeille ? Don Gaetano, vous me troublez avec tous ces détails. »

Avec La Capa, on n'arrivait jamais au bout de l'histoire, il capitulait.

La dernière en date était celle de sa femme qui s'était fait offrir un caniche. « Parce que ça fait chic », avait-elle dit à son mari. Ils avaient pris un caniche royal blanc. La Capa avait demandé conseil à don Gaetano.

« Qu'en dites-vous, don Gaetano, nous avons raison de prendre un chien de race royale ?

— Il faut l'appeler Ferdinando.

— Vous pensez ?

— Bien sûr, si c'est un Bourbon il doit s'appeler Ferdinando et si c'est un Savoie il doit s'appeler Umberto. »

Je demandais à don Gaetano comment un homme aussi sérieux et travailleur que La Capa s'exposait au ridicule volontairement. Un homme qui avait connu la gravité de la misère et qui maintenant jouissait d'une certaine aisance se discréditait par son entêtement à passer pour un monsieur.

« La première chose que fait un pauvre avec de l'argent, c'est de s'acheter un vêtement. Il met un beau tissu sur lui et croit être une autre personne. Mais l'argent ne peut faire que ça, te faire croire. La Capa veut avoir l'air et il se trompe. Quand il se penchait sur les pieds pour prendre la taille des chaussures, il ne faisait rire personne. On dit que l'argent n'a pas d'odeur, mais il en a bel et bien une et il donne une mauvaise odeur à celui qui le met sur lui. »

Au début du mois ont lieu les visites de Mlle Scafarèa, régulièrement en retard pour le paiement de son loyer. Elle passe tous les jours : « Le mandat est arrivé ? » Elle attend l'argent de son frère d'Amérique. C'est avec ça qu'elle vit. Une moitié lui sert à payer le loyer et elle vit chichement pendant un mois avec le reste. Elle est sèche comme un pruneau, une haleine qui sent l'ail à faire tomber les mouches. Si jamais elle trouve la vitre de la loge ouverte, elle pointe la tête pour poser sa question et l'air garde sa signature.

Si elle passe à l'heure du déjeuner, elle est capable de vous couper l'appétit. Quand son mandat arrive, don Gaetano se dépêche de le lui apporter.

Je revis Anna à la sortie de l'école. Elle était assise au bar d'en face, avec la fille blonde oxygénée. C'était une journée pour les lézards sortis de dessous les pierres et qui se consolaient au soleil. Après les claques de la tramontane, le sirocco apportait ses caresses. Les bars avaient mis des tables dehors.

Elle me salua et me fit signe d'approcher. J'avais honte de me trouver devant elles en écolier avec mes livres sous le bras.

« Je crois que je vais prendre cet appartement. Un de ces jours, je passerai prendre les mesures, vous pourrez m'aider ?

— Le cas échéant. » Je restai figé, ne trouvant rien d'autre à dire. Je les saluai embarrassé, derrière moi l'autre me singeait, « le cas échéant », et elle riait. C'est vrai, quelle drôle de réponse ! Je ne m'attendais pas à voir Anna et encore moins à ce vous d'elle. Ce « vous d'elle » fut cocasse pour moi aussi et me fit sourire. Certains jours, on s'expose au ridicule, même sans l'argent de La Capa. Devant elles deux au bar, je ne pouvais montrer ce peu de sérieux que j'avais à la loge. J'étais peut-être ridicule là aussi, sans le savoir.

Cette rencontre n'avait pas eu lieu par hasard. C'était sûrement Anna qui avait choisi l'endroit et qui avait feint la surprise. Voulait-elle me rassurer, en me disant qu'elle reviendrait ? Je me posai la question et j'entendis la pensée d'Anna qui répondait : oui. J'allai buter dans un homme à l'arrêt.

« Quelles manières, jeune homme !

— Excusez-moi, je vous prie, je ne vous avais pas vu.

— Eh oui ! Je suis devenu invisible. »

Intérieurement, j'entendis le rire d'Anna.

Pourquoi devait-elle feindre ? On la surveillait ? Qui ? Cette fille ? La réponse n'arriva pas.

Est-ce que je recevais les pensées moi aussi, comme don Gaetano ? Celle d'Anna m'était parvenue et elle avait reçu la mienne. J'essayai encore, rien, la ligne était coupée.

Parfois on réussit quelque chose sans savoir comment. Si on veut le refaire, c'est impossible.

Les choses m'arrivaient par erreur. Je tentais de reconstituer les circonstances : comment étais-je le jour avant le bonheur ? Comment étais-je cinq minutes avant quand je demandais une confirmation à Anna et que j'allais me cogner contre quelqu'un ? Je ne le savais déjà plus et je ne pouvais pas le refaire.

J'arrivai à la loge et trouvai don Gaetano déjà à table.

« Don Gaetano, je vous ai apporté de la morue dessalée, comme vous l'aimez.

— Il ne fallait pas te déranger, on le sent depuis la porte que tu as de la morue. Viens t'asseoir.

— Et on sent depuis la porte que vous avez préparé du pâtespatates, quelle merveille ! »

Je me lavai les mains parfumées à la morue et, de la salle de bains, je dis que j'avais vu Anna.

« Elle dit qu'elle veut venir habiter ici.

— Ce n'est pas vrai.

— D'après vous, qu'est-ce qu'elle veut alors, Anna ? »

Don Gaetano me laissa m'asseoir et commencer à avaler quelques cuillerées.

« Anna veut voir le sang. »

Je ne pus attendre et lui demandai la bouche encore pleine :

« Et qu'est-ce qu'elle en fera après l'avoir vu ? »

Don Gaetano s'essuya la bouche, but une gorgée de vin.

« Le sang, c'est la vérité. Il ne dit pas de mensonges quand il sort et ne revient pas en arrière. C'est ainsi que doivent être aussi les paroles, une fois dites, tu ne peux les retirer. Anna veut voir la sortie de la vérité. »

Il parla à voix basse. Il disait une chose facile, je ne la comprenais pas. Je préférai me fermer la bouche avec le pâtespatates. Il était clair que le bonheur était une vérité et qu'il coûtait du sang.

« Anna reviendra », dis-je pour faire comprendre que je n'y pouvais rien.

Don Gaetano fit oui de la tête. Je nettoyai mon assiette avec du pain.

« Elle était belle devant l'école. Elle portait des bas nylon, ses cheveux jouaient avec le soleil. Elle s'intéresse à moi qui suis le plus quelconque des habitants, un qui compte pour rien.

— Ne te rabaisse devant personne. Tu es une bonne graine et tu feras tes preuves. »

Don Gaetano me soutenait.

« Quelqu'un qui a grandi tout seul dans un réduit et qui se comporte bien d'instinct a une vie spéciale. Tu dois la défendre, même si ça passe par le sang. »

Je n'étais pas impressionné. Avant l'arrivée d'Anna, je pensais que le sang se trouvait bien dans le corps à tourner dans le noir. Il ne gagnait rien à sortir, à se sécher à la lumière. En dehors du corps, il ne servait à rien. Maintenant, je savais qu'il servirait à Anna, elle guérirait peut-être si quelqu'un faisait sortir le sien devant elle. Je me savais prêt, peu importait quand. « Oui » : la voix d'Anna me parvint encore. Alors oui, je promets d'obéir aux oui, je dirai plus de oui que de non, dans ma vie il y aura une majorité de oui pour guider mes actions. Et même s'il me faut dire le non, il sera au service des oui. Épargnerai-je mon sang devant Anna ? Non.

« Son fiancé, le camorriste, est sorti de prison. À Noël, on en remet en liberté.

— Je sais qu'elle a un fiancé. Je suis content pour Anna qu'il soit libre. »

Don Gaetano se mit à débarrasser, moi je faisais la vaisselle.

« Il faut monter chez la veuve. Tu y vas ?

— C'est elle qui vous l'a demandé ?

— Ne pose pas de questions quand il s'agit de femmes. Tu veux y aller ? »

De mon estomac, une sensation de chaleur descendit plus bas. « D'accord. »

Les mois des étreintes en sueur étaient passés. Anna qui m'avait voulu était passée. Elle avait sucé le noyau et l'avait recraché. Je cherchai les changements dans le miroir. Ma tête était la même, longue, facilement hébétée, des yeux troubles. Mon nez était moins gonflé, mes pommettes encore violet foncé. Mon corps était plus précis, les côtes étaient marquées, comme les contours de la poitrine, et sur l'estomac remuaient de petits muscles rebondis. Je montai chez la veuve. Il y avait du chauffage chez elle, elle m'ouvrit en déshabillé et me prit la main, je la suivis dans sa chambre. Je fus soudain pressé et je l'embrassai de force. Je ne l'entraînai pas vers le lit mais contre le mur et, sans me déshabiller, nous fîmes nos poussées debout. Au lieu de la laisser faire, j'improvisai mes propres gestes. J'étais plus grand, elle s'attacha à moi, leva d'abord une jambe puis l'autre. Je la retrouvai sur mes bras, les pieds derrière mon dos. Je la tins ainsi jusqu'à ce que j'aie terminé, vidé. Je la décollai du mur et la posai sur le lit. Elle lissa mes cheveux humides de sueur, couvrit mon visage de baisers. Puis elle prépara le café et voulut me l'apporter au lit. Elle n'avait jamais manifesté un tel empressement jusqu'ici. Quand elle entra avec le plateau, elle eut un sourire que je ne lui avais jamais vu. Nos étreintes étaient muettes, le sourire remplaça les paroles absentes. Je bus le café d'un homme remercié. Elle m'accompagna et me mit ma boîte à outils sur l'épaule.

Une fois arrivé au bas de la première volée de marches, la porte se referma.

Il s'était produit quelque chose qui me rendait différent aux yeux des autres. Le respect du monde arrive à l'improviste. On ne l'attend pas et on ne sait pas l'expliquer. À la loge aussi il s'était produit quelque chose. La vitre s'était cassée. Don Gaetano avait appelé le maître vitrier, qui prenait les mesures. Je ne demandai rien, il y avait des étrangers. Le professeur Cotico déclara : « Vitre cassée et concierge, 27 et 68, numéros gagnants au loto. » Don Gaetano me confia la loge et partit avec le vitrier. Des locataires passèrent et me saluèrent comme ils le faisaient avec don Gaetano. Le comte passa : « Jeune homme, vous me devez une revanche, n'oubliez pas. » Il m'avait vouvoyé. J'étais étonné, une sensation de vide me traversait le corps et réclamait le sommeil.

Le vitrier revint au bout d'une heure sans don Gaetano. Je l'aidai à monter la nouvelle vitre, à la fixer avec du mastic. Elle était un peu de travers.

Don Gaetano trouva le travail fait et la loge en ordre. Je lui demandai comment c'était arrivé.

« Tu n'as rien entendu quand tu étais chez la veuve ?

— Rien.

— Le fiancé d'Anna est venu, il te cherchait. Ce voyou a renversé la table. Il voulait savoir où tu étais. Les gens se sont arrêtés. Il a donné un coup de poing dans la vitre avec son gant, quelqu'un s'est mis à crier "la police", et il est parti. Il a dit qu'il reviendra et là où il te trouvera, il te laissera sur le carreau.

— Et vous, il vous a fait quelque chose, il vous a touché ? Il vous a insulté ? »

Je le dis très fort, j'en fus étonné. J'étais en colère contre celui qui était venu le menacer à ma place.

« Il ne m'a rien fait, à part l'exploit de la table et de la vitre. »

C'est pour ça que les gens avaient changé vis-à-vis de moi d'une heure à l'autre. Le bruit s'était répandu. Don Gaetano me demanda ce que je voulais faire.

« Rien. C'est ici qu'Anna me trouvera et lui aussi. » Ces mots sortirent tout seuls, ce sont eux qui décidèrent pour moi. Une fois dits, ils ne pouvaient retourner dans ma bouche.

Quand je les entendis, ils sonnèrent juste à mes oreilles. Était-ce ce sang-là dont Anna avait besoin ? Celui de deux jeunes qui s'affrontent ? C'était bien ça et don Gaetano m'avait prévenu. Mais on ne comprend les choses que lorsqu'elles vous tombent dessus. Je souris à don Gaetano, un sourire de remerciement pour le couteau. Il fit oui de la tête, un oui sérieux, un peu embarrassé.

« Ce ne sera pas pour aujourd'hui, dis-je. Occupons-nous de nos affaires, je mets à cuire des pommes de terre avec des oignons et des tomates, et j'ajoute ensuite la morue. Et nous faisons notre partie de scopa. »

Don Gaetano me laissa faire. Je voyais clair autour de moi, dehors il y avait l'obscurité en avance du mois de décembre. Le mastic frais de la vitre neuve sentait la cire et le caoutchouc. La morue dégageait une odeur épicée, les pensées étaient du linge qui séchait. Les cartes de la scopa me soufflaient elles-mêmes l'ordre dans lequel les jouer. Je devinais celles que don Gaetano avait en main. Ou c'était lui qui me les disait.

« Don Gaetano, vous pouvez transmettre vos pensées à une autre personne ?

— Non, je les reçois et c'est tout.

— Don Gaetano, ce soir vous êtes distrait, je ne vous reconnais pas, vous m'avez laissé le sept de scopa et j'ai celui de carreau.

— J'étais bien obligé. Je ne suis pas distrait, c'est toi qui joues comme un dieu ce soir. Je crois que je ne peux pas gagner.

— La vitre cassée et la mauvaise visite vous ont contrarié.

— Je suis le même joueur que tous les autres soirs, c'est toi qui as changé et tu ne t'en rends pas compte. »

Je ne m'en rendais pas compte. Je ne fus même pas surpris de gagner deux parties de suite. Je ne voyais pas la différence avec les autres fois où je perdais. Je me levai pour retourner la morue dans la poêle avec tout le reste. On frappa à la vitre. Don Gaetano se leva d'un bond pour aller à la porte. Au lieu de faire entrer la personne, c'est lui qui sortit. Je le regardai derrière la vitre tout en surveillant la cuisson. Je ne voyais pas les visages. L'homme était vêtu élégamment, un beau manteau clair, il faisait de petits mouvements avec ses mains.

Don Gaetano tenait les siennes derrière son dos, légèrement penché en avant pour écouter. L'homme fit un geste qui mit fin à la conversation. Il porta la main à son portefeuille, don Gaetano arrêta son bras, l'homme insista pour lui donner de l'argent. Don Gaetano fut contraint de le prendre, l'homme le lui fourra dans la main. C'était sûrement pour la nouvelle vitre. L'homme posa une main sur son épaule, ils s'embrassèrent. Don Gaetano rentra et je lui demandai du regard ce qui s'était passé. Il laissa tomber l'argent sur la table.

« Ça, c'est le prix de la vie qu'on joue à pile ou face, une vitre remboursée et le jugement du chef camorriste de quartier : *"Nun pozzo fa' niente, 'o bbrito se pava, l'annore no e se lava."* Je ne peux rien faire, une vitre se paie, l'honneur non, il se lave.

'O bbrito : il y avait longtemps que je n'avais pas entendu dire la vitre en dialecte. Une vitre se paie, l'honneur non. Le dialecte convenait bien aux maximes, mieux que la messe en latin.

« Vous aviez demandé qu'il intervienne, don Gaetano ? Laissez tomber, on se débrouillera entre nous et peut-être qu'il n'y aura pas de dégâts. Ne vous inquiétez pas. »

Il fit un oui résigné de la tête.

Ce soir-là, nous avons dégusté une morue royale, nous avons bu du vin et don Gaetano m'a raconté des histoires sur la guerre qui ouvraient mes oreilles et dilataient mon cœur.

Les Allemands avaient miné l'aqueduc pour

le faire sauter. Un groupe fut fait prisonnier par les Napolitains et, pour sauver leurs vies, ils dirent qu'ils connaissaient les emplacements des charges explosives. Don Gaetano avait reçu l'ordre avec d'autres d'aller désamorcer ces charges accompagnés des prisonniers.

Les Napolitains avaient pris des armes dans les casernes. Parfois, les carabiniers avaient distribué de bon gré leur équipement par sentiment de fidélité au roi. Dans d'autres casernes, ils refusaient de donner des armes par peur des représailles allemandes. Il fallait alors avoir recours à la manière forte pour les réquisitionner. Un deuxième front s'était formé, les fascistes tiraient des maisons sur la foule insurgée. Il y eut des batailles dans les escaliers des immeubles, sur les toits, des exécutions sur place. Un des nôtres s'était fait prendre par les Allemands qui l'avaient mis contre un mur, mais un officier allemand arriva juste à ce moment-là poursuivi par les nôtres et se servit du corps mis dos au mur comme d'un bouclier. Les Allemands tentaient ainsi de s'ouvrir une voie d'issue, mais ils étaient encerclés de toutes parts et arrêtés. Notre camarade, un homme courageux, a réussi à se sauver. Il s'appelait Schettini, une connaissance de don Gaetano.

J'écoutais les histoires de la ville et je la reconnaissais comme étant la mienne. Sa citoyenneté m'était donnée à la petite cuillère par don Gaetano. C'était l'histoire d'un grand nombre de personnes qui se serraient pour former un peuple. Elle avait été vite oubliée. Elle était bonne comme la morue à la poêle. Il arrive que des heures grandioses s'abattent comme des bouffées de libeccio contre les barrières, qu'elles durent trois jours et qu'elles laissent de l'air propre dans les poumons.

« Via Foria, les barricades avec les trams ont arrêté les tanks Tigre pendant des heures. À la fin, ils ont réussi à passer, mais pas via Roma. Du haut des ruelles, des hommes et des jeunes garçons descendaient à l'assaut pour lancer des grenades et du feu au milieu des chenilles. Contre ces tas de possédés, les blindés étaient impuissants, ils se sont retirés. »

Je demandai comment démarrait une révolte.

« L'assaut du premier jour fut lancé contre un camion allemand qui était allé piller une fabrique de chaussures. Pendant les derniers jours de septembre, les Allemands s'étaient mis à voler tout ce qu'ils pouvaient dans les magasins et même dans les églises. La bataille a commencé par un assaut inattendu sur un de leurs camions plein de chaussures. »

Les navires américains étaient en vue, les Allemands sur le point de partir : pourquoi prendre des risques quand la libération était si proche ? À Rome, quelques mois plus tard, dans les mêmes conditions, il ne s'était rien passé, les gens avaient attendu.

« Leur retraite n'était pas si sûre, ils avaient des forces suffisantes pour résister. Ils avaient préparé leur défense contre un débarquement en ville, ils se préparaient à livrer bataille. Et puis, les colères s'étaient durcies, les hommes cachés faisaient pression pour sortir du sous-sol de tuf. On évacuait de force la bande côtière, sur trois cents mètres à partir de la mer les habitations devaient être vidées. La ville est tout contre la mer, l'évacuer sur une largeur de trois cents mètres priva de toit d'un jour à l'autre cent mille personnes, qui campaient, sans savoir où se mettre. Oui, nous pouvions tout aussi bien attendre, baisser la tête et compter les heures. Et donc, je ne sais pas pourquoi nous avons sauté comme des cabris tous ensemble dans la rue. Ce que tu entreprends dans ces moments-là est pour partie de ton fait, pour le reste il relève de ce corps qui se nomme peuple. Ce sont les gens qui t'entourent qui font comme toi et toi tu fais comme eux. Pendant un instant, tu es devant tout le monde, puis les autres te dépassent, quelqu'un tombe à terre mort et les autres continuent en son nom ce qui est commencé. C'est une chose qui ressemble à un air de musique. Chacun joue d'un instrument et ce qui en sort n'est pas la somme des joueurs mais c'est la musique, un courant qui avance par vagues, écorche la mer, c'est une faim qui te fait voir le pain jeté par terre, et toi tu le laisses à un autre, c'est une mère qui passe une pierre à son fils, l'émotion qui fait monter le sang aux yeux et pas les larmes. Je ne sais pas t'expliquer la révolte. Si tu te trouves un jour dans une révolte, tu la feras et elle ne ressemblera pas à celle que je raconte. Et pourtant, elle sera la même, parce que toutes les révoltes d'un peuple contre des forces armées sont sœurs. »

Je comprenais l'insurrection par à-coups et je me l'imaginais aussi par à-coups, comme la résurrection d'un corps. Une première contraction nerveuse, puis le muscle d'un doigt qui remue, le mouvement d'un tic, un réveil qui commence à la périphérie du corps. Ce n'est qu'après s'être assis que Lazare se souvient d'avoir entendu la voix lui ordonner de se lever. Je parvenais à m'imaginer ainsi l'insurrection, une décharge d'énergie dans un corps éteint. Mais comment en était-il arrivé à s'éteindre, comment s'était-il réduit à l'état de petit soldat de plomb ?

En classe, je n'aurais pas pu écouter un cours aussi précis que l'histoire de don Gaetano. En classe, nous étudiions jusqu'à la Première Guerre mondiale, puis l'année scolaire se terminait et avec elle le vingtième siècle. Un jeune homme avait tiré sur un archiduc et le monde s'était fait la guerre à lui-même, divisé entre ceux qui étaient du côté de l'archiduc et ceux du côté du jeune homme. L'Italie, alliée de l'archiduc, était restée tranquille au début, puis elle s'était mise du côté des partisans du jeune homme. La Première Guerre mondiale n'avait été qu'un creusement de tranchée, un endroit où les hommes ont déjà les pieds dans la fosse. Mais la Seconde Guerre mondiale, la rechute ? Je n'arrivais pas à imaginer la jeunesse qui s'était laissé fondre en petit soldat de plomb. Elle avait donné les adultes qui m'entouraient, c'étaient eux la génération la plus malchanceuse, la plus décimée, de toute l'histoire du monde.

« Je connaissais un jeune homme qui avait vingt ans au début de la guerre. Il était bon, studieux, pauvre et de bonne volonté. Pour vivre, il donnait des leçons particulières aux étudiants. Il était tombé amoureux d'une jeune fille à qui il enseignait l'italien et les maths. Mais son amour pour elle s'est su plus tard. Il venait de perdre son père et il était en grand deuil. Il portait une veste noire lustrée aux coudes, tant elle était usée. Il était amoureux et il souffrait de ne pouvoir mettre quelque chose de plus gai. Il était passionné par les matières qu'il enseignait, il savait par cœur de nombreux vers de Dante. En juin 40, l'Italie entre en guerre et il s'engage comme volontaire. Il n'attend pas d'être appelé, il ne profite pas de sa situation d'unique soutien de sa mère veuve, il s'engage comme volontaire dans la marine. Et il peut enfin retirer sa tenue de deuil, tout heureux de se présenter dans son uniforme bleu d'aspirant de marine. Il faisait des discours patriotiques, mais son enthousiasme était lié à son uniforme bleu. Il se présentait ainsi pour donner ses dernières leçons. Cette jeune fille, qui a appris par la suite qu'il l'aimait, écrivait des dissertations qu'il conservait. C'est la mère du jeune homme, la veuve, qui le lui a dit lorsqu'elle est venue la voir.

« Enfin, il s'embarque et meurt lors d'un combat naval, au large du cap Teulada, en novembre 40. Il avait un beau visage à la peau foncée, sérieux, volontaire, et l'uniforme bleu lui avait donné l'allure de la jeunesse qui lui manquait. C'est ainsi qu'il arrive de se lancer dans la guerre, et ne te permets pas de croire que c'est peu.

— Je ne me le permets pas, don Gaetano, je le ferais pour Anna. »

À la fin de l'insurrection, la première jeep américaine s'engagea sur le bord de mer, précédée de peu par un de nos soldats en uniforme de bersaglier qui criait : « C'est fini, nous avons gagné. » Les Allemands étaient encore à Capodimonte avec leur artillerie lourde qui couvrait leur retraite.

La contrebande, la marchandise américaine qui sortait des navires, commença aussitôt. Leur abondance disparaissait par jeeps entières des dépôts. On utilisait même les égouts pour le transport. Don Gaetano vit un jour une plaque d'égout se soulever au beau milieu de Santa Lucia et en surgir une tête qui regardait tout autour. Il s'approcha pour l'aider à sortir, et l'autre répondit : « Excusez-moi, je me suis trompé de chemin. » Et il se glissa de nouveau en dessous en refermant la plaque.

Ce soir-là dura plus longtemps que les autres. Don Gaetano me passait le relais d'une histoire. C'était un héritage.

Ses récits devenaient mes souvenirs. Je reconnaissais d'où je venais, je n'étais pas le fils d'un immeuble, mais d'une ville. Je n'étais pas un orphelin de père et de mère, mais le membre d'un peuple. Nous nous sommes quittés à minuit. Je me suis levé de ma chaise grandi, sous mes pieds une semelle me donnait de nouveaux centimètres. Il m'avait transmis une appartenance. J'étais un habitant de Naples, par compassion, colère et honte aussi de celui qui est né trop tard.

Dans mon réduit, je pensais à cet autre jour avant, au samedi d'Anna. Ce dernier jour avant était meilleur. Il contenait une croissance, le respect soudain des personnes de mon entourage, le café de la veuve, les parties de scopa gagnées. Ce jour-là contenait une poussée plus forte. Est-ce que je réduisais le rôle d'Anna ? Non, je la plaçais à l'origine de tout. C'est d'elle que dépendaient les jours avant et ceux après. C'est d'elle que venait mon oui à tout. Je dormis d'un sommeil lisse et profond. À mon réveil, mon premier geste fut pour le couteau. Je pensai : ce n'est pas pour tout de suite. Don Gaetano était dans l'escalier en train de faire le ménage, je lui laissai un mot pour lui souhaiter une bonne journée. Dans la ruelle, quelqu'un me salua en portant la main à son chapeau.

À l'école, j'écoutai intensément les cours. Je me rendis compte à quel point les choses que j'apprenais étaient importantes. C'était merveilleux de voir un homme les mettre devant une assemblée de jeunes assis, pleins d'élan dans leur écoute, dans leur capacité à saisir au vol. Merveilleux aussi d'avoir une salle faite pour apprendre. Merveilleux l'oxygène qui s'unissait au sang et emportait au fond du corps le sang et les mots. Merveilleux les noms des lunes qui entouraient Jupiter, le cri de « Mer, mer » des Grecs à la fin de leur retraite, le geste de Xénophon qui l'écrivait pour le perpétuer. Merveilleux aussi le récit de Pline sur le Vésuve explosé. Leurs écritures absorbaient les tragédies, les transformaient en matière narrative pour les transmettre et ainsi les dépasser. Dans les têtes entrait la lumière, comme il en entrait dans la salle. Dehors, c'était un jour brillant, un jour de mai tombé dans le tas de décembre.

Je rentrai à la maison en continuant à penser aux cours. Il y avait une générosité civile dans l'école publique, gratuite, qui permettait à un garçon comme moi d'apprendre. J'avais grandi en elle et je ne mesurais pas l'effort d'une société pour s'acquitter de cette tâche. L'instruction nous donnait de l'importance, à nous les pauvres. Les riches s'instruiraient de toute façon. L'école donnait du poids à ceux qui n'en avaient pas, elle rendait égaux. Elle n'abolissait pas la misère mais, entre ses murs, elle permettait l'égalité. La différence commençait dehors.

Je passai chez don Raimondo pour lui rendre un livre, des vers napolitains de Salvatore Di Giacomo, notre préféré.

« Elle n'a jamais été aussi belle, notre langue.

— C'est vrai, don Raimondo, j'ai beaucoup aimé la descente sur terre d'un drap du ciel, qui rassemble une foule de pauvres gens et les emmène manger au paradis. Je trouve un peu le goût de cette manne dans le pâtespatates de don Gaetano. »

Don Raimondo aimait échanger deux mots sur le livre prêté. Ce jour-là, pour la première fois, je ne demandai pas de livre à emporter. Il s'en étonna. « Je passe mon examen. Je recommencerai à lire après. » Je ne savais pas si je pourrais le lui rendre.

Je marchais léger en remontant de l'école située sur une petite place près de la mer. À l'entrée de la ruelle, le vieil homme chez qui j'étais allé faire le médecin illégalement vint à ma rencontre. Il me prit la main, je la lui serrai, au cas où il aurait voulu encore la baiser par gratitude.

« *Nun ce iate, chillo ve sta aspettanno.* N'y allez pas, l'autre vous attend. » Il me tenait solidement, cherchant à me faire rebrousser chemin. Même si je n'avais pas le dos au mur, il m'était impossible de reculer. Je devais aller là où était ma place. Je lui demandai des nouvelles de sa femme, il lâcha mes mains pour retirer son chapeau et me remercier : « Elle va bien grâce à vous. » Je profitai de la réponse pour me dégager et poursuivre mon chemin. Ses paroles me suivaient : « N'y allez pas, pour l'amour du Christ, n'y allez pas. »

Personne d'autre ne me salua au cours de ma remontée de la ruelle. Je franchis la porte d'entrée. Anna, tout de suite je vis Anna devant la vitre de la loge.

« Je t'attends », la voix venue de la cour se voulait âpre.

« Pas moi, répondis-je plus à moi qu'à lui. Moi, je ne dois pas attendre. »

Je continuai à regarder Anna tout en m'approchant. Je souris à ses cheveux marron glacé brillants.

« Je t'attends », répéta plus fort la voix dans la cour. Il n'y avait que nous trois et personne d'autre, on n'entendait aucun bruit, la loge était éteinte. Je posai mes livres par terre devant la porte. Anna me regardait les yeux écarquillés, la bouche entrouverte. Si elle était folle, c'était ça le nerf tendu de sa beauté. « Me voici, Anna », lui dis-je, et je passai devant elle.

J'aimais le vide qui nous entourait, aucune distraction, nous et c'est tout.

« Alors, tas de merde, tu arrives ou je dois venir te chercher par la peau du cou ? »

Je pensai qu'il avait besoin de se faire entendre de tout l'immeuble, pas de moi. En dehors de l'école, les garçons étalaient les menaces apprises dans la rue, ils se disaient « je te fais ça » et « moi je te fais ça ». Je n'aimais pas le répertoire des insultes qu'ils lançaient. J'étais arrivé dans la cour la tête basse.

Au milieu, il y avait cette voix, mais je n'avais pas encore levé les yeux.

Je regardai d'abord ses chaussures, neuves, brillantes, La Capa les aurait appréciées, puis son pantalon bien repassé, puis le reste. Il était en tenue du dimanche, veste croisée, cravate et même une fleur à la boutonnière : fière allure.

Petite moustache noire, cheveux gominés, Anna s'en était choisi un qui faisait de l'effet. Il plissait les yeux. J'ai regardé un moment en haut, le ciel de mai à Noël, puis j'ai fixé les siens et ne m'en suis plus détaché.

Il avait un couteau dans la main, avec lequel il se curait les ongles. J'avançai de quelques pas et je vis que j'étais plus grand. Le soleil n'arrivait pas à terre, il ricochait d'une vitre à l'autre, des bandes de billard pour la lumière. Je me surpris à penser qu'il me protégeait, comme l'avait dit don Gaetano.

Je n'avais pas vu qu'Anna était entrée dans la cour, derrière moi. Tandis que je sortais mon couteau de ma poche, il me vint une pensée que je gardai bien au chaud.

« *Si' muorto, piezz'e mmerda.* Tu es mort, tas de merde », dit-il, et il s'approcha. Je tenais le couteau entre mes jambes, devant l'aine, la pointe tournée vers le bas. Lui le tenait dans la main droite et moi dans la gauche.

Il fit une courte fente en avant, puis une plus longue, moi un pas de côté et un en arrière. Je ne fis pas un geste pour le frapper, je devais me défendre, l'attaque lui revenait. Je perçus la présence d'Anna, une troisième respiration, plus profonde, s'était mêlée aux nôtres. À chacune de ses fentes, je me déplaçais de côté dans le sens des aiguilles d'une montre. Je voulais faire le tour de la cour. Il perdit patience et fonça sur moi en criant, nos couteaux frappèrent, le sien blessa mon bras droit et le mien glissa sur ses côtes. Adieu nos vêtements, notre premier sang abîma le sien, tachant aussi son gilet. Il déchira ma manche et sur son gris clair s'étala une tache sombre, comme je le vis ensuite. Anna poussa un hurlement rauque. Il regarda sa veste, j'en profitai pour me déplacer dans la cour. Une voix de femme cria : « Arrêtez-les, ils vont se tuer. » Il y eut un bruit de fenêtres qui s'ouvraient, le sang avait rompu notre solitude épiée.

À la vue de son costume abîmé, il se déchaîna sous l'outrage et chargea dans un élan en criant : « Maintenant tu es mort. » Les bras écartés, il se lança sur moi pour un corps à corps, je me dressai alors de toute ma taille, il leva la tête pour me regarder dans les yeux et prit en pleine face le ricochet de lumière que je cherchais. Il fut aveuglé juste à temps pour mon bras, je donnai mon seul coup de couteau qui glissa de travers dans la région du foie. Il s'arrêta net, jeta son arme, mit les mains sur son flanc, se recroquevilla à genoux. Anna cracha ses sanglots et se mit à pleurer. Je posai mon couteau par terre, il ne devait servir à rien d'autre. Debout entre nous, Anna pleurait, son visage se tordait de grimaces de douleur. Je vis à la lumière de la cour qu'elle était couverte de bleus.

Des gens entrèrent, don Gaetano me prit par un bras et m'entraîna. Je ramassai mes livres devant la loge. Mon bras droit saignait abondamment. Nous passâmes au milieu des gens qui s'écartaient devant nous. Il y avait la moitié de l'immeuble. Quelqu'un dit : « Il a bien fait », et quelqu'un d'autre cria « assassin ». Il y avait aussi *I Vuie*, les Vous, et j'entendis dire : « *Sh-cansia-moci*. Filons », c'était Oreste.

Au bras de don Gaetano, personne ne s'interposa pour m'arrêter. Devant la porte d'entrée, je reconnus le manteau clair du soir précédent. Je me laissai emmener. Le sang descendait et je descendais moi aussi. Don Gaetano me mit son manteau sur le bras pour couvrir ma blessure. Dans la ruelle, nous croisâmes deux agents qui montaient. Nous entrâmes dans une pharmacie. Le médecin nous conduisit dans l'arrière-boutique, il arrêta le sang qui coulait et fit une belle reprise sur mon entaille. Ils ne dirent pas un mot, ni entre eux ni à moi. Nous sortîmes après avoir acheté d'autres bandes.

Je descendis vers la plage aux côtés de don Gaetano. La journée était une étreinte de nature autour de la ville. À Santa Lucia, des touristes et des cochers étaient en bras de chemise. Nous marchions, je ne posais pas de questions. Le soleil était un buvard, il séchait le sang, la peinture des bateaux, la misère de ceux qui étaient descendus des ruelles froides pour profiter de sa chaleur.

Allongés sur le trottoir mieux que dans leur propre lit, ils demandaient la charité avec des sourires de gratitude envers la tiédeur.

Les fiacres emmenaient des soldats américains en promenade. C'étaient les fils de ceux qui étaient arrivés une fois la ville libérée. Pourquoi étaient-ils encore là ? Parce qu'ils étaient les héritiers de cette victoire. On hérite d'une victoire ? Elle devrait durer le temps de l'ennemi vaincu, et cesser ensuite.

Pour moi, il ne s'agissait même pas de victoire, je n'avais fait que me sauver avec mon couteau. Maintenant, je m'éloignais. En revanche, celui qui gagne reste, comme les Américains. Où m'emmenait don Gaetano ? Sûrement pas à la police, c'était peut-être mon tour de vivre dans une cachette. Celle qui était sous la loge était grillée, Anna la connaissait.

J'éprouvais une fatigue fiévreuse devant la beauté exagérée.

« C'est là ma place, don Gaetano.

— Dis-lui au revoir, ce soir tu t'embarques pour l'Amérique. Tu as un billet sous un autre nom sur un bateau qui va en Argentine. Je vais te donner les papiers.

— Vous le saviez déjà. » De quelle matière était faite la vie, si on pouvait la prévoir jusqu'au moindre détail ? Et la prévoir sans pouvoir intervenir, sans rien empêcher. Telle était la tristesse endurcie de don Gaetano. Il ne pouvait y remédier que par un salut secondaire, un billet pour l'Amérique, le même voyage que le sien. L'océan était une voie de fuite, pour nous du Sud. Il donnait l'absolution, impossible sur terre. Les pensées faisaient un beau vacarme dans ma tête, don Gaetano les écoutait.

« Pour nous, c'est la mer qui se charge de régler les comptes. »

J'eus envie de lui demander : « Vous venez vous aussi ?

— Non, je reste, je te couvre. Je te ferai savoir quand tu pourras revenir. Tu iras vivre chez un ami, il viendra te chercher à l'arrivée. »

Revenir ? Je ne crois pas que je reviendrai sur le lieu du sang versé. Je ne remonterai pas la descente des ruelles.

« Si j'avais un père, il ne ferait pas ça pour moi.

— Nous n'en savons rien, toi et moi nous n'en avons pas eu, nous n'y connaissons rien. »

Nous nous sommes assis sur un banc face à la mer.

« Tu es faible, tu as perdu du sang.

— J'en avais en plus, j'en avais pour elle aussi. C'était pour faire sortir ses larmes. Elles sont précieuses, don Gaetano, les larmes d'Anna, elles sont la voie d'issue de sa folie. Ce n'était pas notre sang qu'elle cherchait, mais ses larmes. Elle ne savait pas pleurer. Les larmes ont plus de valeur que le sang. Comment se fait-il que vous n'étiez pas à la loge ?

— J'y étais. Je ne pouvais pas intervenir, tout le monde était là, même le camorriste d'hier soir. Les questions d'honneur et de voyous doivent se résoudre toutes seules, personne ne peut s'en mêler. Tu as bien fait de le laisser là, le couteau.

— C'est vous qui m'avez appris à respecter le couteau, qui doit servir à se sauver une seule fois et c'est tout. Alors vous avez regardé ?

— Oui, et le premier sang ne suffisait pas. Le gars avait décidé que personne ne devait intervenir jusqu'au dernier sang. Je savais que tu ne mourrais pas, mais je ne savais pas comment. Quand j'ai vu que tu tournais en rond dans la cour, j'ai compris ce que tu avais en tête. Tu cherchais la chaleur en face, le point d'éblouissement. Je ne t'aurais pas cru aussi habile.

— J'avais le soleil dans les yeux quand je suis entré dans la cour. J'ai pensé l'amener à cet endroit-là. Don Gaetano, moi aussi je savais que je ne mourrais pas. C'était une de vos pensées, je l'entendais dans ma tête. Moi aussi, je commence à recevoir des pensées.

— Je le sais, hier soir tu as gagné à la scopa. Tu as fini d'apprendre de moi. »

Les navires de la sixième flotte américaine, le porte-avions et les autres à la suite sortaient du golfe en formation. Le gris clair de leurs peintures se diluait au large. C'était la couleur de ma veste usée. Même mon gris clair s'en allait sur la mer. J'aurais le temps de raccommoder l'entaille de ma manche et de laver le sang.

« Donnez-moi des nouvelles d'Anna, si elle guérit. »

Nous n'avons plus parlé du gars tombé. Là où était entré le couteau, il n'y avait pas d'espoir.

« Qui sait où ils vont, dis-je, en montrant les navires de guerre.

— Pas chez eux, et toi non plus. Tu iras de ce côté-là. » Il désigna le sud et l'ouest. Je regardai les livres et les cahiers sur mes genoux, adieu à l'école, fini les cours, tous à la fois. La ville qu'il m'avait enseignée, je la perdais, Anna, don Gaetano, les livres de don Raimondo. « *T'aggia*

156

'mpara' e t'aggia perdere. Je dois t'apprendre et je dois te perdre », la ville me poussait au large. Elle m'avait fait grandir, mais je ne pouvais continuer cette vie, prête comme une petite pizza dans l'huile de friture. Elle m'avait tourné et retourné, fariné et jeté ensuite dans la poêle noire. Dans un de ses poèmes, Salvatore Di Giacomo souhaite être un petit poisson saisi par les belles mains d'une donn'Amalia qui le farine et le mette dans une poêle. C'est ce qui m'arrivait. Donn'Amalia était la ville et la poêle noire était l'océan.

« Don Gaetano, la fatigue fait venir des pensées stupides. »

Nous avons mangé dans un bistrot du port. Il m'a remis mon billet, mes papiers, de l'argent, ses économies.

« Je vous le rendrai. Ce ne sera pas comme avec le couteau, je ne m'acquitterai pas avec un autre. Cet argent, je vous le rapporterai. »

Je disais des choses justes, à tort et à travers. Pouvais-je savoir ce qui m'attendait en Argentine ? Que ferais-je pour vivre là-bas ? Don Gaetano m'offrit aussi un jeu de cartes napolitaines et une grammaire d'espagnol. Nous sommes allés faire des photos pour la pièce d'identité. Don Gaetano passa chez un imprimeur pour le faux tampon à sec. Je m'embarquai à l'heure du soleil couchant.

Je vis le golfe allumer ses lumières du Pausilippe jusqu'à Sorrente. C'étaient autant de mouchoirs blancs, ils saluaient les yeux ouverts de ceux qui partaient. Ceux près de moi étaient trempés de larmes. Ceux près de moi ne sont pas de première classe, ils n'ont pas de billet de retour.

Maintenant, j'écris sur les feuilles d'un cahier tandis que le bateau pointe vers l'autre bout du monde. Autour de moi, l'océan est calme ou agité. Il paraît que cette nuit on franchira l'équateur.

DU MÊME AUTEUR

Aux Éditions Verdier

UNE FOIS, UN JOUR (repris sous le titre PAS ICI, PAS MAINTENANT, « Folio » n° 4716 et sous le titre PAS ICI, PAS MAINTENANT/NON ORA NON QUI, « Folio bilingue » n° 164).

Composition Floch
Impression Novoprint
à Barcelone, le 04 janvier 2012
Dépôt légal : janvier 2012

ISBN 978-2-07-044561-5./Imprimé en Espagne.

237487